오늘도
엄마인
내가
낯설지만

오늘도 엄마인 내가 낯설지만

불안한 엄마를 위한 단단한 말들

ⓒ강안 2018

초판 1쇄 발행일 2018년 6월 14일

지은이 강 안

출판책임 박성규
편집진행 유예림
편   집 남은재
디 자 인 조미경 · 김원중
마 케 팅 나다연 · 이광호
경영지원 김은주 · 장경선
제작관리 구법모
물류관리 엄철용

펴 낸 곳 도서출판 들녘
펴 낸 이 이정원
등록일자 1987년 12월 12일
등록번호 10-156
주   소 경기도 파주시 회동길 198
전   화 마케팅 031-955-7374   편집 031-955-7381
팩시밀리 031-955-7393
홈페이지 www.ddd21.co.kr

ISBN 979-11-5925-344-7 (03810)

이 도서의 국립중앙도서관 출판예정도서목록(CIP)은 서지정보유통지원시스템 홈페이지(http://seoji.nl.go.kr)와 국가자료공동목록시스템(http://www.nl.go.kr/kolisnet)에서 이용하실 수 있습니다.(CIP제어번호: CIP2018016837)

오늘도 엄마인 내가 낯설지만

강안 지음

불안한 엄마를 위한 단단한 말들

들녘

들어가는 말

나는 나·Ich bin ich

엄마는 바람에 흔들리지 않는 '마음 근력'을 키워야 해요

부끄러운 얘기일까요? 사실 저는 육아 관련 서적을 제대로 읽어본 적이 없습니다. 그냥 내 식대로 키우면 된다고 생각했지요. 좀 불안하긴 했지만 내 방식대로 하겠다고 작정하니 주위를 의식할 필요도 없었고 자유로웠습니다. 물론 내나름대로 원칙은 두었습니다. 아이들은 빨리 자라니 우왕좌왕할 시간은 없고, 내 아이는 남보다 내가 더 잘 아니까 남에게 맡길 수는 없었습니다. 그렇게 남편과 함께 키운 아이들은 자유롭게, 자주적으로 잘 자랐습니다.

다 자란 아이들이 말합니다. 부모가 무엇이 되라고 강요했다면 아마 아무것도 하지 않았을 것이라고. 청개구리 피를 물려받은 아이들입니다.

세상의 시선, 좀 무시하면 안 될까요? 이렇게 저렇게 해야 한다는 말들, 좀 흘려들으면 안 될까요? 공부를 잘해야 한다, 그런 걸 바라지는 않았습니다. 단지 내 아이가 남에게 피해를 주지 않고 따뜻한 시선으로 남을 볼 줄 알며 자신의 일을 유쾌하게 하며 살길 바랐지요. 그렇게 자란 아이가 아이를 낳아 또 그런 아이를 그렇게 키울 것입니다. 부모의 생활방식과 사고방식은 아이들에게 대물림되기 쉬우니까요. 부모는 부모이기 전에 아이가 세상에 나와 처음 만난 인생 모델이 될 수밖에 없습니다. 그러니 부모가 어떤 마음으로, 어떤 가치를 지향하고 사는지, 아이들에게 보여주고 가르칠 필요가 있습니다. 어디로 갈지, 어떻게 살아야 할지 방법을 모르고 방향을 몰라 도움이 필요한 아이들이라면 부모가 길잡이 역할을 해주어야 합니다.

'자주 꽃 핀 감자는 캐보나 마나 자주 감자 흰 꽃 핀 감자는 캐보나 마나 흰 감자'라는 말처럼 무서운 말이 있을까요. 가정이라는 공동체 안에서 생사고락을 함께하는 부모와 아이들은 말과 행동이 매우 닮아 있지요. 아이를 키우며 늘 나 자신에게 했던 질문은, '내가 제대로 부모 역할을 하고 있나? 아이들은 과연 행복한가?' 하는 것이었습니다.

확신은 없고 불안해질 때마다 회의가 들었지요. 길은 많다는데 어떤 길을 선택해야 후회가 적을지, 선택 앞에서 고민할 수밖에 없었고요. 이 말을 들으면 옳은 것 같고, 저 말을 들어도 옳은 것 같은, 초보 엄마의 귀는 나팔바지 통보다 넓어 온갖 정보들이 귓바퀴를 흔들었습니다. 그런데 그 많은 정보 때문에 도리어 혼란스러웠지요. 이렇게 해야 한다, 저렇게 해야 좋다, 정보에 익사하기 직전, 과연 이런 이야기들이 내 아이에게 얼마나 필요할까? 하는 의문이 들었습니다. 그리고 결정했습니다. 그냥 뱁새가 되기로요. 황새 따라가다 뱁새 가랑이 찢어진다고 하니, 가랑이가 찢어지지 않기로 했지요. 독수리를 흉내 내며 새끼를 벼랑에서 떠밀며 날아보라고 할 수 있는 배짱도 없었으니, 먼저 뱁새가 지킬 수 있는 규칙을 세우고 그 안에서 뱁새 걸음으로 맘껏 살기로 했습니다. 다행이 우리 뱁새 아이들은 굳이 황새나 독수리 탈을 쓰려고 하지 않았지요.

흔히 부모라면 자식이 황새가 되거나, 가랑이가 찢어질지언정 황새를 쫓아가주길 바라는 경우가 많습니다. 가랑이가 찢어지든 말든 다리 길이는 염두에 두지 않고서 말이지요. 다행히 태어난 아이가 황새라면 모르겠지만 뱁새라면 얼마나 힘이 들겠어요. 부모의 욕심이 아이를 힘들게 하고 망가뜨리는 경우를 흔히 봅니다. 지나치게 강제하고 요구하다 함께 지쳐 부모와 자식이 아니라 증오의 대상이 되기도 하지요. 부모의 뜻대로 아이가 잘 따라와주지 않는다면 더욱 그렇습니다. 그러다 돌이킬 수 없는 사이가 되었을 때, 과거로 되돌아갈 수 있다면… 다시 기회가 주어진다면, 남편 탓, 아내 탓을 하며 후회한들 무슨 소용일까요. 그러니 아이를 둔 부모라면 정신을 바짝 차리지 않으면 안 되겠습니다.

우리나라 아빠들 바쁘다는 것, 모두 다 아는 사실입니다. 요즘같이 부부가 맞벌이를 하는 경우, 더욱 그렇지요. 백지장도 맞들면 낫다는 말, 사실입니다. 아이는 부부의 몸을 빌려 세상에 나온 만큼, 그 생명에 대한 책임을 누군가에게 떠넘길 수 없습니다. 그러다 보니 아이 양육에 대한 고민이 많았고 두 백지장이 머리를 맞대고 굴리며 아이들과 여기까지 굴러오게 되었어요. 생각해보면 아찔한 일도 많았지만, 바삐 살아온 부모 밑에서 잘 성장해준 제 아이들이 무엇보다 고마웠습니다. 뱁새 식대로 교육을 시켰지만 잘 따라주었고, 원하는 길을 찾아 유쾌하게 살고 있으니까요.

주위의 권고를 차치하고서라도, 저에게 있어 글을 쓰

는 일이란 속살을 드러내는 것처럼 늘 가당찮고 부끄러운 일입니다. 이번 책은, 아이를 키우는 데 이런 방법도 있으니 함께 공유해보면 어떨까? 하는 바람으로 묶게 되었습니다. 내 아이에게 적용해보아도 좋겠다 싶은 것, 그런 게 하나라도 있다면 참 다행입니다. 남들이 다 가는 길을 내 아이가 못 가면 두려우신가요? 아이 문제로 마음이 혼란스러울 때, 제가 되풀이하던 독일어 주문이 하나 있습니다.

Ich bin ich, 나는 나!

누구의 말에도 흔들리지 않도록, 마음 근력을 키우는 데 아주 유용합니다.

강안

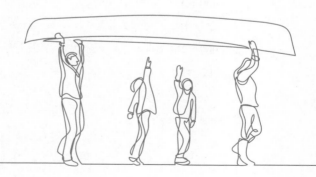

단 한순간도 확신을 가질 수 없는,
'엄마'라는 일

결혼을 해 아이를 둘 낳았지만 도저히 자기 자신을 포기할 수 없어 아이를 두고 집을 나왔다는 한 선배가 떠오릅니다. 원 없이 공부를 했고 대학에 자리를 잡았지만 자신이 했던 최대의 실수가 아이를 포기한 일이었다며 후회하는 그녀의 글을 읽은 적이 있습니다.

철모르는 나이도 아니고, 나이 삼십을 훌쩍 넘어서도 몸과 마음이 지칠 때마다 '여자'인 나를 떠올리며 당황할 때가 많습니다. 여자가 엄마가 되면서 누구나 한 번쯤 겪게 되는 내면의 갈등이지요. 하지만 천 번을 강조해도 부족할 만큼 내 아이를 책임지는 엄마의 역할은 중요합니다. 사람 하나를 키워야 하는데요. 그러니 엄마가 된다는 건 얼마나 두려운 일인가요.

아이를 낳은 여자, '엄마'가 된 여자는 남편보다 훨씬 큰 심리적인 갈등과 고뇌를 겪게 됩니다. 아이와 집안일에 매진하는 여성이나, 직장생활을 병행하는 여성 모두 마찬가지입니다. 하지만 엄마가 행복해야 아이들도 행복할 수 있겠죠. 아이의 성장은 양육자의 건강한 마음과 체력에 달려 있다고 해도 과언이 아니니까요. 그런데 우리 사회의 분위기는 아직 크게 달라지지 않아, 아이 키우는 일을 엄마의 두 어깨에 올려놓고는 모르는 척합니다.

남편이 돈을 벌어오고, 아내는 살림하며 아이를 양육하면 된다는 생각은 호랑이 담배 피우는 시절 얘기라지요. 당연히 아빠가 된 남자라면 아이 양육에 대한 책임을 엄마와 나눠야 하니, 영역 싸움을 하는 들짐승처럼 자식을 두고 네 일 내 일 하며 왕왕 싸울 수가 없게 되었지요. 아이 양육에는 부모 모두 책임이 있으니까요. 그러니 부부가 머리를 맞대고 아이를 어떻게 키울까 고민해야겠지요.

아이 키우는 문제로 부부가 차이를 좁히지 못해 다투다 '의견 차이'로 이혼하는 경우도 있습니다. 학원 너무 많이 보내는 거 아니냐는 아빠, 한번 뒤처지면 힘든데 너무 태평한 거 아니냐는 엄마, 누구의 말이 옳다고 손을 들어줄 수는 없습니다. 내 아이에게 맞는 방식을 부모가 찾아 하면 되겠지만, 내 아이에게 뭐가 맞는지, 선택하기도 쉽지 않고 방법도 잘 모릅니다.

어느 날부터 제 큰아이가 말을 더듬기 시작했습니다.

"어어엄마, 저저저기 이이이거 머머머먹으면 아아안 될까요?"

왜 아이가 말더듬이가 되었을까요. 고민이 되었습니다. 이 정도라면 분명 친구들의 놀림감이 되기 딱 십상입니다. 언어 치료를 받아야 할지, 이래저래 고민이 많았지요. 그런데 놀라운 사실을 발견했습니다. 친구들과 어울려 노는 아이를 몰래 엿보는데, 아이가 그 어떤 아이보다 말을 잘하고 있었어요. 그런 아이가 엄마 앞에서만 말을 더듬다니? 순간, 아찔했습니다. 눈물이 왈칵 쏟아졌지요. 반성의 눈물입니다. 아무래도 아이는 엄마 앞에서 말을 잘해야 한다고 생각했겠지요.

"말을 할 때는 상대방의 눈을 보고 또박또박 말해야 해!"

늘 그랬으니까요. 그러니 아이는 말을 잘 해야 된다는 강박증을 갖고 엄마 앞에서 말더듬이가 되었을 것입니다. 아이가 얼마나 힘들었을까요.

아이를 반듯하게 잘 키워야겠다는 엄마의 마음이 앞서 매사에 간섭하고 강제한다면 이런 꼴을 당하기 십상입니다. 그러니 아이 교육이라는 게 '양날의 칼'이 될 수밖에요. 지나치게 교육을 염두에 두면 또 다른 문제를 낳을 수 있으니까요.

　　혼자 거리낌 없이 살던 한 '여자'가 '엄마'가 되어 아이를 양육한다는 게 그리 쉬운 일은 아니지만, 부모를 의지해 아이들이 성장하는 모습을 지켜보는 일은 부모가 되어야만 누릴 수 있는 기쁨이기도 합니다. 어떻게 해야 할지 몰라 불안하지만 성장하는 아이를 보며 보람을 느끼는 일, 아마 엄마가 아니라면 느낄 수 없는 감정일 겁니다.

　　불안하지만 괜찮습니다. 어떻게 해야 할지 고민되는 시기도 있겠지만, 아이는 훌쩍 자라 어른이 될 것입니다. 이 책을 읽으며 엄마들이 어깨의 짐은 조금 덜고, 기쁜 순간은 조금 더 많이 맞이했으면 좋겠습니다.

여자였던 나는 없어지고 엄마인 나만 남은 것 같아요.
난 누구일까요?

정신없이 일하고 아이들 키우다 보니
누렇게 시든 이파리 같은 아줌마만 남아 있네요.

스스로도 알아볼 수 없는 낯선 외계인이 되어가며,
펑! 하고 사라지고 싶은 날이 많았습니다.

"넌 누구니?"

내가 왜 이리 되었지?

어느 날 이런 물음이 생겼습니다. 설움이 북받쳐 밤낮 없이 눈물이 배질비질 흐릅니다. 낯선 여인이 말을 걸기 시작했습니다. 결혼하고 오 년 뒤의 일입니다. 그 낯선 얼굴이 밤마다 말을 걸어오니 잠을 이룰 수가 없었지요. 우울증이 왔고, 그 피해는 고스란히 아이들 몫이 되었습니다. 참 황당한 일입니다. 무슨 일이 생긴 걸까요? 한참 아이 기르는 재미에 빠져 있어야 할 시기, 이런 병에 걸리다니. 아이들을 위해서도 낯선 여인을 몰아내야 한다고 다짐에 다짐을 해보지만 결코 쉽지 않습니다.

　여자란 결혼과 더불어 엄마와 아내만 남고 '나'는 없어지는 이야기를 듣곤 합니다. 사실 그렇습니다. 자신을 버려야 가정이 순탄하다고들 하지요. 아이 낳고 기르며 남편, 시댁 등등 챙겨야 할 게 한두 가지 아니다 보면 나는 어디로 가고 없기 마련입니다. 그러다 어느 날 그런 자신에게 놀라게 되지요. '멀고 먼 뒤안길을 돌아'왔지만 청초하고 지순한 '누님 같은 꽃'은 없습니다. 이파리는 누렇게 떠 마르고 시들어 곧 떨어질 것 같은, 이름만 꽃인 한 여자가 '거울 앞'에 서 있습니다. 빠듯한 봉급에 아이들과 남편, 집안 대사에 쓸 돈이 먼저고 나를 위해 쓸 경제적인 여유는 없습니다. 겨울 찬바람 맞고 처마 끝에 매달려 오들오들 떨고 있는 무시래기 같지요. 많은 여성들이 결혼과 더불어 그런 삶을 일상으로 받아들이며 살아갑니다.

　한 생명이 내 몸을 빌려 세상에 나온다는 것, 참으로 경이로운 일이었지만, 한편 두려웠습니다. 아이에게 젖을 물리면서도 '엄마'라는 단어가 몹시 낯설었지요. 아이를 낳고 부기도 안 빠진 얼굴로 외출한 어느 날, "아줌마!"라고 부른 한 아이 앞에서 "내가 아줌마처럼 보이니?" 묻고는 허망하게 웃던 날이 있었습니다. 그렇게 여자와 엄마 사이 갈등하며 '아줌마'라는 말에 익숙해져가는 동안 아이들은 무럭무

력 자라고, 엄마는 모성애적 사랑과 보육 사이 지쳐갔습니다. 집안일과 육아에 지쳐 나를 위한 밥상은 꿈도 못 꾸고, 아이들이 남긴 밥을 꾸역꾸역 먹어가며 몸이 사료 포대처럼 불었지요. 스스로도 알아볼 수 없는 낯선 외계인이 되어가며, 펑! 하고 사라지고 싶은 날이 많았습니다. 한 달쯤은 잠만 자고 싶은 소망을 품고 사는, 누런 떡잎 같은 여자가 불가능한 꿈을 꾸며 하루하루 견딥니다. 그러나 양육이란 도저히 내려놓을 수 없는 짐이지요. 땡볕 아래 꾸역꾸역 사막을 걸어가는 쌍봉낙타, 차디찬 냉장고 안에서 부화를 꿈꾸는 파리해진 달걀, '엄마'. 그런 엄마를 남편과 아이들은 이해할 리 없습니다.

나는 그렇게 살지 않겠다고 다짐했건만, B급 정도의 '여자'가 '엄마'가 되며 C, D급으로 추락하고 있다는 자괴감이 들 때마다 원망의 화살은 남편 몫으로 돌아갔지요. 결혼한 남녀의 역할이 다르다는 것도 실감했습니다. 나에게 주어진 엄마라는 역할을 잘해내고 싶기도 했습니다. 여느 엄마처럼 영어테이프는 들려주지는 못했어도, 태교를 한답시고 말과 행동, 음식 하나하나에 신경을 쓰며 모차르트와 파가니니에 심취해보기도 했었지요. 하지만 세상에 나온 아이는 그 정도로는 안 된다며 나에게 책임과 의무를 지워 하루하루 숙주나물이 되라고 하는 것만 같았습니다.

꿈과 현실을 구분할 줄 아는 엄마가 필요하다고 아이들의 맑은 눈이 말하는 듯했습니다. 그렇게 엄마가 되고 아줌마라는 말에 익숙해져가는 동안, 아이들이 이것저것 요구하며 엄마는 무언가를 해야 하는 시간을 맞게 되지요. 사랑을 주는 것만으로는 부족하고, 교육이 필요한 시기가 온 것입니다. 동물처럼 그저 먹이고 입히기만 해도 족하다면 얼마나 좋을까요? 막막하기만 합니다.

'하고 싶은 일이나 맘껏 하고 살걸. 왜 아이를 낳아 이 고민이람.'

한숨을 섞어 밤하늘을 헤아려본들 별들은 너무 멀리 있습니다. 아무리 후회한들 그 책임을 떠맡아줄 사람이 없다는 것, 엄마는 서리 내린 아침보다 춥고 뼛속이 시려옵니다.

저녁 시간, 직장인을 대상으로 하는 인문학 강좌에 빠짐없이 오는 젊은 엄마가 있었습니다. 남편에게 이른 퇴근을 부탁해 세 살배기 아이를 맡겨두고 특별한 외출을 한다고 합니다. 아이와 가정을 버리고 사랑만 하겠다며 정부를 선택한 『안나 카레리나』에 빠져든 젊은 엄마, 비극적인 마지막을 선택할 수밖에 없었던 주인공 안나를 두고 젊은 엄마는 무슨 생각을 했을까요? 퇴근을 해도 가정으로 출근을 한다는 한 워킹맘을 만난 것도 그 강좌에서입니다. 일주일에 한 번쯤은 자신을 위해 시간을 쓰고 있다고 합니다. 숨 고르는 일을 스스로 찾아갈 수밖에 없다고 하더군요. 아이를 데리고 학교에 다니기도 했던 제 옛일이 생각나 가슴이 울컥했습니다. 사랑만 하며 살기에도 부족한데 아이를 낳고 나니 남편에게는 에너지를 쏟을 수가 없다고 한 새댁도 만났지요. 아이를 낳고도 사이가 좋은 이 세상 모든 잉꼬 부부들이 초를 치는 얘기라고 절 비난할까요? 한 연구자의 말에 의하면, 대부분 남성과 여성이 결혼해 사랑이 지속되는 기간은 길어도 구백 일이라고 합니다. 부부란 자녀로 인해 관계가 지속되는 경우가 많다지요. 이혼하는 부부 중 절반이 넘는 경우가 무자녀라는 통계도 있었지요.

아이들이 태어나 엄마가 되면 '나'는 많은 걸 양보해야겠지만, 내 유전자를 가지고 태어나 자라는 아이들, 생명을 돌보며 느끼는 행복감은 엄마가 되어야만 누릴 수 있습니다. 무엇보다 의미 있고 가치 있는 일입니다. 인내와 포용, 그 시간의 무게를 견뎌야만 지켜낼 수 있는 자리. 아이 때문에 아무리 지치고 힘이 들어도 저는 그 자리가 참 좋았습니다. 시도 때도 없이 "바람이 분다, 살아야만 한다"라고 했던 폴 발레리의 시 한 구절을 읊조리면서도 말이지요.

아이가 밥을 안 먹으면 내가 요리를 맛없게 했나 싶고…
준비물을 못 챙겨 가면 내가 좀 챙겨줄걸 싶고…
숙제를 안 하면 그게 다 내 잘못인 것 같고…
그렇게 아이에게 미안한 마음이 들곤 해요.

잔소리를 하지 않을 날은 언제쯤 올까요.
아이도 지겹지만 나도 너무 지겨워요.

늦잠을 자 지각하고 학교에 가 당해봐야
비로소 깨닫게 됩니다.

아침마다 아이들을 깨우고 준비물과 과제물을 확인하고 밥까지 떠먹여 학교에 보내는 부모들이 의외로 많습니다. 방은 쓰레기장인지 운동장인지 구분할 수 없고, 옷은 뱀 허물 벗듯 똬리를 틀었고, 자고 일어 난 침대는 막 곰이 빠져나온 동굴 같습니다. 이런 날이 반복되면 잔소리하느라 진절머리가 난다고들 하지요. 그런데 아이 탓만 할 수가 없습니다. 그렇게 습관을 들인 부모에게도 책임은 있으니까요.

제가 초등학교 이 학년이었던 어느 날, 노크와 함께 교실 문이 드르륵 열리며 할아버지가 나타나셨습니다. 담임 선생님이 놀라 할아버지를 맞이했지요.

"우리 애가 아침 인사를 안 하고 갔소."

친구들이 깔깔거립니다. 홍당무가 되어 책상 밑으로 고개를 들이민 순간, 할아버지 불호령이 떨어졌습니다. 친구들이 보는 앞에서 "학교 다녀오겠습니다." 정중하게 인사를 했고, 할아버지는 집으로 돌아가셨습니다. 담임 선생님이 머리를 쓰다듬어주십니다.

"여러분, 봤죠? 아침 인사를 안 하면 이렇게 됩니다."

비록 망신을 당했지만 덕분에 반 친구들은 그날, 현장 교육을 제대로 받았습니다. 저는 억울했어요. 인사를 분명하고 나왔는데 할아버지가 듣지 못하신 것입니다. 확실하지 않은 건 인정하지 않으셨던 할아버지는, 급한 볼일 때문에 하교 인사를 하는 둥 마는 둥 화장실에 뛰어들면 화장실 앞에서 호통을 치기도 하셨지요. 그러다 옷에 실례라도 하면 어쩔 거냐고 따질 수도 있었지만 단호함과 위엄 때문에 단한 번도 항의하지 못했습니다. 원칙을 어기면 밥도 굶기셨던 할아버지의 엄한 교육은 스트레스이기도 했지만 그 교육으로 인해 좋은 일도 많았으니 할아버지 덕을 보고 자란 셈입니다. 습관도 디엔에이(DNA)가 될 수 있다는 어느 연구자의 말을 인정하게 되었지요.

아이들이 성인이 된 지금도 저는 아이들을 깨우지 않습니다. 한번 깨우기 시작하면 끝까지 엄마에게 의지하게 될

테니까요. 늦잠을 자 지각하고 학교에 가 당해봐야 비로소
깨닫게 됩니다.

담장 하나 너머로 중학교에 다녔던 작은아이는 지각
을 자주 하곤 했습니다. 그러고는 엄마가 깨우지 않았다고
투덜댑니다.

"내 학교니? 니 학교지!"

약을 잔뜩 올린 후, 지각한 벌로 운동장에서 토끼뜀을
뛰는 아이를 구경한 적이 한두 번이 아닙니다. 부족한 운동을
그렇게 채우면 아주 건강해지겠다며 맘껏 놀려주곤 했지요.

이부자리를 정리하지 않고 가는 날이면 용돈을 깎았습니다. 넉넉지 않은 용돈을 깎이지 않으려고 아이들은 이부자리 정리를 했지요. 동기가 어찌되었건 그런 습관은 성인이 되어서도 아주 유용합니다. 지금껏 침대 정리를 말끔히 하고 사는 걸 보면 말이지요.

허둥지둥 나가느라 다 차려놓은 밥도 안 먹고 가는 아이들이 많습니다. 안 먹는 게 아니라 못 먹고 가는 경우입니다. 그런 아이들에게 뭐라도 사 먹으라며 돈을 주는 경우, 괜찮을까요? 밥보다는 돈이 좋아서 굳이 먹지 않는 건 아닐까요?

"지각하면 안 되죠. 비쩍 말랐는데 안 먹으면 어떡해요. 아프면 어떡해요."

이 세상 모든 엄마는 걱정이 참 많습니다. 자신의 삶보다는 아이의 삶에 더 집중하니까요. 지각을 좀 하면 어때요. 깨우느라 실랑이하지 마세요. 밥을 좀 안 먹으면 어때요. 밥을 먹지 않으면 굶기면 됩니다. 견딜 수 있으니 안 먹고, 몰래 무어라도 먹었으니 안 먹는 것이지요. 그러니 그리 걱정할 필요가 없습니다. 지나치게 걱정을 하니 아이들이 그런 부모를 당연히 여기는 것입니다. 안 일어나면 깨워줄 테고, 안 먹으면 돈이라도 줄 것이고… 엄마 머리끝에 앉아 있는 아이들입니다.

　　엄마 마음은 그게 아니죠. 내 아이가 지각해서 불이익을 당할까 봐, 밥을 굶으면 공부에 방해가 될까 봐, 깨우고 먹이려고 애를 쓰는 것이잖아요. 시작을 그리하면 끝까지 부모의 몫이 될 수밖에 없습니다. 그런 습관을 들이다가는 아이가 대학생이 되어도 학점을 관리하고 직장 생활하는 자식의 상사에게 전화를 거는, 그런 엄마가 되어 있을지도 몰라요.

활화산 같은 사춘기 아이…
아이를 볼 때마다, 잔소리가 턱밑까지 올라오고
욱! 하는 마음이 듭니다.

오늘도 아이에게 참지 못한 화를 내고는
죄책감에 시달립니다.

생각해보면 타인에게는 관대한데
아이의 조그만 실수에는
왜 그리 관대하지 못할까요.

아이들과 살다 보면 이런저런 일로 화낼 일이 참 많습니다. 시간이 지나 생각해보면 별일 아닌 걸, 후회할 때가 한두 번 아니지요. 결국, 후회하고 아파할 것임에도 순간 분노 조절이 안 되어 아이의 마음에 상처를 내고 여린 가슴을 후벼 파기도 합니다. 마음 상태에 따라 화의 농도가 좀 다르긴 해도 하루에도 수없이 쏟아내는 화, 그런 자신에게 화가 나기도 합니다. 통제하지 못한 화는 자신은 물론 상대방에게 치명적인 해를 입히기도 하지요.

'종로에서 뺨 맞고 한강에서 눈 흘긴다'고 했던가요? 화를 참지 못해 엉뚱한 불똥이 아이들에게 튀는 경우, 영문도 모르고 당한 아이들, 참 억울하겠지요. 때론 돌아올 수 없는 강을 건너 평생 후회하며 살 수도 있으니 조심해야겠습니다.

시민 대상으로 인문학 강의를 하고 있습니다. 강의를 나갈 때면 다양한 분들을 만나 다양한 얘기를 듣곤 해요. 학교를 그만두겠다는 아이에게 순간 손찌검을 했다는 아버지, 아이는 결국 가출을 하고 말았다고 합니다. 어린 것이 얼굴에 분칠을 하고 다닌다 해 아이가 말도 섞지 않는다는 중학생 딸을 둔 어머니, 딸과 남처럼 지낸다는 얘기에 저 또한 화를 내고 말았습니다. 욱! 욱! 시도 때도 없이 불쑥 불쑥 머리를 들이미는 화 때문에 난감할 때가 한두 번이 아닙니다. 내 마음속의 화가 뿅망치로 두들겨 팰 수 있는 두더지라면 얼마나 좋을까요. 특히 사춘기에 있는 아이들은 화 덩어리입니다. 고슴도치처럼 가시를 세우고 전투태세를 갖추고 있지요. 언제든 싸울 준비가 되어 있는 병사 같습니다. 얼마나 화가 많으면 얼굴에 여드름이 덕지덕지 났을까요. 이글거리는 용암 덩어리를 품고 언제든 분출할 수 있는 활화산입니다. 그런 활화산과 사는 부모, 아이처럼 함께 활화산이 되어서는 안 되겠습니다. 휴화산이 되어야지요. 함께 분출하면 그 엄청난 용암과 화산재를 감당하기 어려울 테니까요. 애지중지 가꿔온 채마밭도 망칠 것이고, 모든 걸 잃게 될지도 모르니

신중할 수밖에요.

화를 내지 않고 아이들과 지낼 수 있을까요?

이런 질문을 받는다면, 저 또한 유쾌한 답을 내놓을 수가 없습니다. 아침부터 밤까지, 화가 날 일투성이니까요. 이른 새벽부터 배기통에 폭탄을 달고 다니는 오토바이 소리, 길에 가래침을 척척 뱉고, 달리는 차 안에서 꽁초를 밖으로 내던지는 남자, 빵집 사거리에서 빵빵거리는 자동차 때문에 화가 나고, 네 살배기 자식을 때려 숨지게 한 매정한 엄마, 몇 사람의 어리석음 때문에 더 많은 사람들이 죽는 사고… 숱한 사건 사고를 보고 들으며 욱! 욱! 치밀어 정신이 혼미해집니다. 그런데 참 아이러니합니다. 제삼자와 내 아이를 향해 분출하는 화의 온도가 다르니 말입니다. 생각해보면 타인에게는 관대한데 아이의 조그만 실수에는 왜 그리 관대하지 못할까요. 무언가 눈에 띄기만 하면 평생 용서할 수 없을 것처럼 이성을 잃고 폭발하는 활화산이 되지요.

조금만 참을걸.

중학생이 되어 변성기가 온 큰아이가 자주 짜증을 내기 시작했습니다. 방문을 꼭 닫고 들어가 나오려 하지 않는 아이의 목소리는 물에서 건져낸 트럼펫 소리였다가 대숲을 빠져나오는 바람 소리였다가 했지요. 어느 날부터 동거하게 된 낯선 남자. 하루하루가 불안했습니다. 질풍노도의 시기라는 사. 춘. 기. 가 온 것입니다. 살갑게 엄마와 허그를 하며 눈을 맞추던 소년은 오간 데 없고, 하룻밤에도 일 센티미터씩 콩나물처럼 자라 거인이 되어갔지요. '짜증'과 '귀차니즘' 옷을 입고 '싫어요'가 주식이 된 거인이, 고약한 남성호르몬을 살포하며 엄마의 코와 눈을 자극하고, 열두 개쯤 되는 분화구에서 용암을 뿜어내기 시작했습니다. 엄마의 지독한 고행과 수난의 시기가 시작되었지요.

"내가 죽고 나면 사리가 한 바가지는 나올 거다!"

큰방 스님이 들으면 경을 칠 소리지만, 욱! 욱! 치밀어 오르는 화를 억! 억! 누르다 보면 사리 한 바가지쯤은 우습게 나올 것만 같았습니다.

"사춘기에 성질 잘못 부리면, 평생 간다!"

사춘기란 어른이 되려고 준비해가는 과정이니 잘 견뎌야 한다고 인내의 갑옷을 입고 끓어오르는 화를 누르며 뿔이 열 개쯤 달린 수소를 타일러보지만, 수소 또한 어디로 치받을지 모를 상황, 마음을 추스르기가 여간 쉽지 않은 모양입니다.

이래저래 큰아이의 사춘기를 무사히 치러내던 어느 날, 방학을 맞은 작은아이가 사자머리를 하고 귀에 서너 발

총구멍을 내어 들어왔습니다. 치렁치렁 윤기 나는 머리를 싹둑 잘라내고 가죽점퍼에 부츠 신고 오토바이나 타면 좋을 것 같은 '포스'입니다.

'무서운 십 대, 그녀의 사. 춘. 기. 는 그렇게 시작되었다.'

소설의 한 문장쯤으로밖에 이해가 안 되는 아이를 지켜보며, 가족 모두 '참, 적응 안 된다!'는 표정이 되었습니다. 아이의 짜증은 이백 단입니다.

"그래, 너도 사춘기 강을 건너야겠지. 하고 싶은 대로 해봐라!"

둘째는 평소 안 하던 짓을 하고, 안 입던 옷을 입고, 안 먹던 음식을 먹으며, 과거로 절대 돌아가지 않을 것 같은 결연한 의지로 새로운 면만을 보여주며 살기로 작정한 것 같습니다. 그런 사춘기 아이와 사는 엄마, 땀으로 조청을 쑬 판입니다. 매일 매일 욱! 욱! 아욱국도 아닌, '욱'을 끓여가며 사는 엄마가 되었지요. 치밀어 오르는 화가 한계 수위에 오를 때쯤 쓰던 방법, 있습니다.

숫자를 하나에서 열까지 세어보는 것입니다. 꼴깍 침을 넘기듯 빨리 세면 안 되겠지요. 가능한 느긋하게, 천천히 세어야 땡볕에 늘어진 풀잎처럼 화를 조금 누그러뜨릴 수가 있게 됩니다. 안 된다면 열다섯, 스물까지도 세어야 합니다. 백까지 세어도 안 되면 어떻게 하냐고요? 병원에 가는 것도 방법입니다. 숫자를 좀 천천히 세다 보면 순간의 마찰을 줄여갈 수 있지요.

　　아이뿐 아니라, 살다 보면 내 안에 조용히 휴~ 하고 있는 화산이 활활 타도록 만드는 일들이 한두 가지 아니에요. 그럴 때마다 저에게 숫자란 주문 같은 것입니다. 치명적인 상처로 치달을 수 있는 전쟁, 싸움을 피할 수가 있지요. '주여!', '나무아미타불!' 같은 짧은 주문도 있겠지만, 이 숫자 세기는 끝이 없으니 분화구가 열두 개쯤 되는 아이들도 문제없습니다.

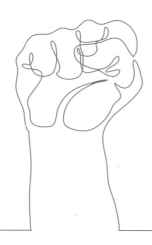

욱! 욱! 치밀어 아이에게 화를 내고 서로 얼굴을 못 보고 산다면 참 우울한 일입니다. 부모와 자식, 애증 관계라 했던가요? 사랑하기 때문에 손을 놓을 수 없어 화를 내고 서로의 가슴에 상처를 내면서 서로 아파하지요.

'나잇값도 못 한다'는 말은 참 무서운 말입니다. 그 '나잇값'이라는 말에는 자기통제와 심오한 통찰의 무게가 실려 있습니다. 그러니 아이들보다는 세상을 좀 더 살아온 부모가 '나잇값'을 해야 하지 않겠어요. 하나 둘 셋 넷… 숫자를 천천히 세는 동안 화를 좀 몰아낼 수 있다면 더없이 좋은 일입니다.

속으로 천천히 하나, 둘, 셋… 세어보세요.

치밀어 오르던 화가 스르르….

제대로 처치를 못해서 아이 몸에 큰 흉터를 남기고 말았어요.
부주의하게 놀게 놔둔 것도,
놀다가 크게 다친 것도, 흉을 남긴 것도…
다 내 탓인 것만 같아요.

잘 놀다가도 엄마만 보면 품에 안기려 달려오는 아이,
별로 크게 다치지도 않았는데
엄마를 보는 순간 눈물을 뚝뚝 떨구며 어리광을 부리는 아이…
우리 아이도 주체적이고 건강한 아이로 자랄 수 있을까요.

놀기를 자청한 아이들이라면
좀 깨지고 터지는 것쯤은
그리 심각하게 생각할 일이 아닙니다.

큰아이가 무릎을 다쳤다며 아이 친구가 숨이 차게 달려왔습니다. 피가 철철 난다는 것입니다. 무릎에 살점이 파여 말 그대로 피가 철철 흐르고 있었지요. 사람들이 몰려들었고요. 빨리 병원에 가야 한다며 다들 야단입니다. 그 말에 아이가 세상이 끝난 것처럼 울기 시작합니다. 걸어 집에 오는데 피가 다리를 타고 발등까지 흘러내렸습니다.

"나쁜 피는 좀 흘려도 돼!"

약품 상자를 꺼내 소독을 한 다음 빨간약을 바릅니다. 손을 베이거나 다쳤을 때 바르는 빨간약, '옥도정기' 하나면 끝입니다. 나름대로 터득한 엄마표 치료법이지요.

"됐다. 이렇게 발라두면 상처가 아물지. 그냥 두어도

자연스레 낫게 돼. 바람이 어루만지면 더 쉽게 나을 테고!"

바람과 시간에 기대어 상처 난 무릎을 열어두기로 합니다. 그런데 웬걸. 상처에 피딱지가 앉기도 전 염증이 생겼습니다. 방아깨비처럼 뛰어노는 아이를 묶어둔다고 될 일이겠어요. 무릎이 아물고 터지면서도 아이는 놀기를 그만두지 않았습니다. 어느 날 아는 의사가 호미로 막을 데 가래로 막게 되었다며 엄마의 무지를 나무랍니다.

"그런 상처는 굳이 병원 치료하지 않아도 낫는 거죠. 아이가 워낙 활동적이라 어쩔 수 없어요."

엄마가 무심해서인지 아이 또한 대수롭지 않게 여겼었지요. 그런데 의사가 심각한 표정을 짓자 아이가 세상이 끝난 것처럼 폭풍 눈물을 쏟아냅니다. 어어엉엉~ 의사의 위로에 눈물은 곧 쓰나미가 되었어요. 그간 아무 말 않더니 의사의 몇 마디에 저리 약해지다니. 그놈의 마음이라는 게 참 알 수가 없습니다. 아이는 항생제를 먹었고, 아예 무릎을 움직이지 못하도록 처치를 받고 피딱지가 앉아 떨어질 때까지 롤러블레이드를 바라보는 신세가 되었습니다.

아이는 지금도 그때의 커다란 흉터를 훈장처럼 여기고, 자라면서 어지간한 상처에 그다지 놀라지 않았습니다.

구십 년대에만 해도 엄마가 이런저런 일로 바쁠 때 아

이들을 집에 두고 가까운 시장이나 어지간한 거리는 다녀오기도 했지요. 가정폭력이나 아동학대 관련 기사가 줄곧 신문 사회면을 장식하는 요즘 같았으면 진작 고발당했을지도 모릅니다. 그 시절 엄마들은 아랫집 옆집 앞집 또래 엄마들끼리 서로 품앗이를 해가며 아이들을 돌봐주곤 했어요.

어느 날 대학원 수업을 마치고 돌아오니 다섯 살 둘째 아이가 소파에 웅크리고 앉아 있습니다. 계단 난간에서 미끄럼을 타다 훌러덩 뒤집혀 떨어졌다는 것입니다. 팔을 보니 팔꿈치 바로 윗부분이 불룩 튀어나와 있는데, 아이는 자신의 잘못을 반성하는 눈빛으로 고통을 참고 있었어요. 정형외과를 찾아갔습니다.

"탈골인데요. 엄청 아팠을 텐데…"

엑스레이를 보니 뼈가 댕강 부러져 살을 뚫고 나올 지경입니다. 아이가 사고 상황을 말하는데 눈물이 도르륵 볼을 타고 흐릅니다. 의사가 빨리 수술을 해야 한다고 하니 아이가 울기 시작합니다.

대형병원에서의 수술이 시작되었습니다. 뼈를 맞추고 커다란 철심 네 개를 박는 수술과 함께 한 달여 병원 신세를 진 아이, 그런데 십 년이 지나면서 통증이 심해졌지요.

"뼈의 각도가 틀어졌어요."

수술이 잘되었다며 별문제 없다더니 수술을 다시 해

야 한다는 의사, 참 무책임한 의료인입니다. 십 년간 그런 통증을 견디게 하다니. 분노가 치밀었습니다. 십 년 만에 뼈를 다시 자르고 맞추는 두 번의 수술을 거쳐 아이의 팔에는 커다란 흉터가 남게 되었지요. 흉터 성형을 하자는 의사의 말을 아이가 일언지하에 거절합니다. 의료진이 못 미더워서였을까요. 십 년 후 또 "잘못되었으니 다시 합시다."라고 할지도 모르니까요. 아이의 팔에 있는 커다란 흉터는 여름이면 사람들의 이목을 끌었습니다.

"멋있잖아!"

민소매를 당당하게 입고 다니는 아이를 볼 때마다 심장에 가시가 박힌 것처럼 아팠습니다. 무심한 건지 무심한 척하는 건지, 아이의 태도에 놀랄 때가 많습니다. 자라면서 아이가 말합니다. 일 센티미터 옆으로 떨어졌으면 뇌 손상이 있었거나, 일 밀리미터 옆 성장판을 다쳤으면 팔이 자라지 않았을 텐데, 그리되지 않았으니 흉터쯤이야 괜찮다고 합니다. 엄마의 방목 때문에 생긴 훈장이라며, 아이가 자라면서 엄마를 이해하는 것 같았습니다.

　　아이를 방치했다고요? 그럴지도 모르겠습니다. 하지만 엄마가 어디로 튈지 모르는 아이들을 일일이 따라다니며 조심해라, 위험하다, 그건 안 돼, 하지 마! 시시콜콜 잔소리를 해댈 수도 없으니 놀기를 자청한 아이들이라면 좀 깨지고 터지는 것쯤은 그리 심각하게 생각할 일이 아닙니다. 아이들은 그렇게 놀며 자라야 건강하고 주체적인 삶을 살 수 있을 테니까요. 그러니 어지간한 일에는 크게 놀라지 않게 되었습니다.

아이가 큰 잘못을 하면 어쩔 수 없이 회초리를 들게 돼요.
체벌은 하지 않으려고 했는데….

스킨십을 잘 하지 않는 부모님 밑에서 자라서인지
아이가 안겨오면 너무 어색합니다.
스킨십의 중요성은 귀에 못이 박히도록 들었지만요….

부모란 늘 요구하고 강제하는 존재가 아니라,
받아주고 들어주며 품어주는
세상에 유일한 안식처라는 것…

　　한학자였던 할아버지는 매우 엄하셨습니다. 서당에서
훈장을 하셨는데, 한자공부를 제대로 해 오지 않은 학생들
의 종아리를 회초리로 찰싹찰싹 때리며 글을 가르치셨지요.
거역한 적 없이 오빠와 언니들 틈에 끼어 한자 공부를 해야
만 했던 저는 자라면서 그 회초리 덕을 많이 보았습니다. 종
아리를 호되게 맞고 얻은 것들입니다. 머리가 뛰어난 것도 아
니고 여섯 살짜리가 뜻도 모를 한자를 리듬에 맞춰 외워야만
했으니 종아리가 성할 날이 없었지요. 지금이라면 아동학대
로 진작에 경찰에 붙들려 갔을 할아버지의 엄한 회초리는,
규칙과 약속을 어겼을 때 어김없이 종아리를 향했습니다. 그
러나 그 엄격함 뒤에는 반드시 따뜻한 스킨십이 있었지요.

안아주며 달콤한 알사탕도 주셨고요. 한마디로 '병 주고 약 주고'를 잘하셨던 분입니다.

저는 학생들의 등을 도닥이거나 쓰다듬기를 좋아합니다. 이따금 남학생들이 성추행이라는 농담을 해서 웃게 되는데 이게 다 스킨십에 익숙한 습관 때문입니다. 품어주는 일이 얼마나 위로가 되는지 할아버지로부터 배운 것이지요. 회초리를 맞았을 때 갖게 된 온갖 불온한 감정들이 할아버지의 체온에 사르르 녹곤 했으니까요. 그 위로와 격려의 손길이 아이들에게도 필요합니다. 늘 쫓기며 공부하고 준비해야만 하는 우리 시대의 아이들을 보면 엄마 마음이라 그런지 늘 안쓰러울 뿐입니다. 기대 밖의 성적 때문에 울고 좌절하는 학생들에게도 마음에서 우러나오는 위로가 필요합니다. 참 속상하겠다, 힘내자, 맘 아프다, 맛난 거 먹자며 쓰다듬고 도닥여야죠.

이러한 스킨십은 일정한 시간에 소리를 내야 하는 뻐꾸기시계처럼 하루하루 달려야 하는 아이들에게 쉼터가 되지요. 부모란 늘 요구하고 강제하는 존재가 아니라, 받아주고 들어주며 품어주는 세상에 유일한 안식처라는 것, 아이들에게 위로와 힘이 됩니다. 그래야 어디서 어떤 일을 하고, 어떤 일을 당하든 발길이 집으로 향하겠지요. 지치고 힘이 들 때

품어주고 도닥여주는 부모의 품, 그 어떤 말보다 힘이 셉니다.

어떤 아이들이건 자신이 하는 일에 좋은 결과를 얻고 싶은 마음을 갖고 있지만 현실은 녹록지 않습니다. 입시에 실패하거나 기업에 수없이 보낸 이력서가 받아들여지지 않았을 때는 물론이고, 부모의 말 한 마디에도 좌절하고 상처받는, 유리그릇과 같은 아이들이라는 걸 우리가 알아야겠습니다.

원하지 않는 결과가 나왔을 때 잔소리와 회초리로 대응하는 부모, 잘했을 때나 잘못했을 때나 실수했을 때나 안아주고 등을 쓸어주는 부모, 우리는 어떤 모습일까요?

스킨십은 부모와 아이 간 신뢰의 바탕이 되는 것은 물론이고 삶에 대한 긍정 에너지가 되기도 합니다. 세계대전 당시 전쟁고아들을 대상으로 한 스킨십에 관한 연구 결과를 보면, 아무리 먹을 것을 많이 주어도 고아들은 사망률이 높았다지요. 부모가 있는 아이들에 비해 스킨십이 부족했기 때문이라는 것입니다. 미숙아로 태어나 곧 사망할 거라는 진단을 받았던 아기를 두 시간 동안 품에 안아 살린 엄마의 기적 같은 이야기가 영국 일간지에 보도된 적도 있었지요. 부모와의 피부 접촉과 엄마의 속삭임이 아기를 소생케 한 것이라고 합니다. 그만큼 부모와 아이의 접촉은 아이에게 정서적 안정감을 줄 뿐 아니라 삶을 살아가는 데 긍정적인 에너지가 된다는 게 사실입니다. 어려서부터 스킨십이 많았던 아이는 불안 증세와 폭력성까지도 줄일 수 있다는 연구 결과만 보아도 아이들이 부모의 스킨십을 얼마나 필요로 하는지 알 수 있습니다.

　　생장 환경과 생장 속도가 같은 나무 두 그루를 정원에 옮겨 심었습니다. 정 반대 위치에 심은 두 그루 나무를 두고 실험을 했지요. 주인은 한 그루에 매일 사랑한다는 말을 건네며 쓰다듬었고, 반대편 나무에는 시선 한 번 주지 않고 없는 것처럼 지냈습니다. 그 결과 놀라운 일이 벌어졌습니다. 매일 쓰다듬고 사랑한다는 말을 건넨 나무가 잘 자라는 것과는 달리, 그 어떤 시선도 두지 않았던 나무가 누렇게 잎이 말라 죽어간 것입니다. 하우스에서 오이를 기르며 모차르트 음악을 틀어주는 농부의 말에 의하면, 음악을 틀어주지 않은 오이에 비해 음악을 듣고 자란 오이는 병충해 없이 무럭무럭 잘 자랐다지요. 식물이건 동물이건 관심과 사랑이 성장에 얼마나 큰 영향을 미치는가를 보여주는 예입니다. 식물이 그러한데 우리 아이들이야 오죽할까요.

　　어려서부터 습관처럼 부모와 스킨십을 하며 자란 아이들은 안정적이고 따뜻한 경우가 많습니다. 그렇다고 때와 장소, 아이의 기분은 고려하지 않고 아이를 끌어안으려 할 경우 오히려 부작용을 낳기도 합니다. 특히 아빠들의 경우 잠을 자는 아이, 책을 보는 아이, 놀고 있는 아이를 끌어다 마구 뽀뽀를 하지요. 어떨 땐 술 냄새를 마구 풍기면서 말입니다. 사랑스런 마음이 가득 차 앞 뒤 생각 없이 한 스킨십이지만, 그런 아빠를 이해하고 좋아하는 아이는 그리 흔하지 않습니다. 아이와의 스킨십은 태어나면서부터 자연스레 이루어져 성장하는 아이들의 일상이 되어야 합니다. 그런 아이들이 자라 또 그런 부모가 되어 그런 아이들을 키워내겠지요.

꾸지람을 한 뒤에도 반드시 아이와의 스킨십이 필요합니다. 꾸지람을 한다고 미워하는 것이 아님을 아이가 알아야 할 테니까요. 그 어떤 지적을 받아도 내 부모는 나를 사랑하고 응원하고 있다고 생각하면 서운함이나 원망은 갖지 않을 것입니다. 그렇게 자란 아이들은 따뜻하고 세상을 긍정적으로 바라보며 다분히 진취적입니다.

오늘도, 아이의 예쁜 눈을 바라보며 사랑한다고 말해볼까요?

먹고살기 바빠 아이들이 책은 읽는지 공부는 하는지
신경 쓸 틈이 없습니다…
다른 집 아이들처럼 해주지 못해 미안할 따름이에요.

물질적 풍요 안에서만
아이들이 잘 자랄 수 있다는 생각은 위험합니다.

일주일에 한 번 정도, 아니면 한 달에 한 번 정도는 책
방에 들러 아이들이 갖고 싶어 하는 책을 사주도록 하세요.
왜 만화책을 골랐느냐, 그 책은 좋지 않다, 시시콜콜 간섭하
지 말고 그냥 고르는 책을 사주는 것입니다. 자신이 좋아해
서 고른 책이니만큼 아이들은 읽게 되지요. 잔소리 안 듣고
선뜻 원하는 책을 얻게 되었으니 그 책을 읽고 나면 또 책방
에 가고 싶어집니다. 한 번 두 번 습관이 되면 서서히 다른 책
에도 눈을 돌릴 수가 있습니다. 습관을 들이는 일이니만큼
아이의 뜻에 따라야겠지요. 부모가 원하는 책을 읽히려 들
면 흥미를 잃을 수 있으니까요. 서서히 그런 습관을 들이면
서 도서관을 이용하는 것입니다. 도서관에는 볼 수 있는 책

이 다양합니다.

어릴 때부터 도서관이나 책방을 자주 이용하는 습관은 커서도 이어지기 마련이지요. 아이들에게 엄마 아빠가 낸 세금으로 도서관에 많은 책을 들여놓았다고 말했습니다. 맘껏 드나들며 읽어도 된다고 하니 신이 났지요. 요즘은 공공도서관 외에도 개인 도서관이 곳곳에 많아 다양한 프로그램을 진행하니 얼마나 좋아요. 조카아이들도 부모가 낸 세금이 아깝지 않게 도서관 프로그램을 공짜로 누리며 성장하는 중입니다. 학원을 다니지 않고도 도서관, 학교 방과 후 활동에 참여해 배운 기량을 여러 대회에 나가 펼치기도 하며 주목을 받고 있지요.

돈이 없어 학원에 갈 수 없으니 공부를 못 하고 사회의 낙오자가 될 수밖에 없다는 말에 동의하기 어렵습니다. 그러니 학원에 보내고 과외를 시키면 뭐든 잘할 수 있다는 말에도 동의할 수 없습니다. 통계를 보면 경제적으로 여유 있는 가정의 아이들의 좋은 대학 진학률이 높다는 건 사실입니다. 아무래도 나은 환경에서 물질적인 혜택을 더 누릴 수는 있겠지요. 그렇다고 그것만으로 가능하다고 볼 수 없습니다.

부모의 관심이나 아이의 역량 등을 무시할 수는 없으니까요. 경제적인 사정이 좋지 않으니 먹고살기 바빠 아이들에게 신경을 쓸 수가 없다고요? 무관심입니다. 아이들은 그런 부모의 무관심을 배워갈 것입니다. 경제적 궁핍 속에서도 부모가 열심히 일하고 아이들을 사랑하며 최선을 다하고 있다면 아이들이 그런 부모를 닮아가지 않을까요. 돈이 없으니 무얼 못 해주고, 못 해주니 못한다는 논리를 앞세운다면 아이들 또한 무얼 시도해보기도 전 좌절할지도 모릅니다.

부부가 함께 일하며 경제적으로 어렵게 살아가는 지인의 아이들은 주위로부터 부러움의 대상이었습니다. 일을

하고 돌아와 몸이 고단해 눕기에도 부족한 시간, 부부는 매일 한 시간쯤 아이들 옆에 앉아 책을 읽는다고 합니다. 그뿐 아닙니다. 주말엔 책방과 도서관에 들르고 재래시장 구경도 한다지요. 그 집 아이들을 보면, 그럴 수밖에 없겠구나! 감탄사가 절로 나오게 됩니다. 특별한 경우라고요? 어떤 부모는 할 수 있고, 어떤 부모는 할 수 없는 경우라고 해야겠지요.

아이들이 성장하는 데는 사회적 책임도 있겠지만 부모의 책임이 더 크다 하겠습니다. 무엇보다 아이들은 부모를 통해 세상에 나온 것이니 만큼, 부모에게는 반드시 아이에 대한 책임이 따를 수밖에 없습니다. 경제적 여유만이 아이들에게 풍요를 안겨줄 수는 없어요. 부모의 지혜와 성실함이 건강하고 다부진 아이를 만든다는 것, 그 부부를 통해 확인하게 되었습니다.

'무엇 때문에 안 된다' '무엇 때문에 못 한다' 등을 입에 달고 사는 부모 밑에서는 그 어떤 아이라도 제대로 성장할 수 없습니다. 주어진 환경에서 부모로서 아이들에게 해줄 수 있는 것을 생각하고 실천하는 부모가 아이들이 바라는 부모가 아닐까요? 아이들은 부모를 통해 세상을 바라보고 배워가며 미래를 설계하는 경우가 많으니까요. 그렇다면 부모의 생활 철학이나 습관은 대물림되어 아이의 것이 될 수밖에 없습니다. 그러니 부모가 된다는 게 쉬운 일이 아닙니다.

어떤 부모도 아이 키우는 연습을 하고 자식을 낳지는 않으니까요. 저 또한 많은 실수를 하지만 최대한 실수를 줄이려고 다각도로 고민하게 되었지요.

어떤 부모는 아이들이 공부에 방해가 되거나 기가 죽을까 봐 가정이 경제적 어려움에 처할 경우, 철저히 비밀에 부친다고 합니다. 아이가 공부에 매진할 수 있도록 배려하는 부모 마음을 십분 이해하고도 남습니다. 그런데 아이들에게 가정경제 상황을 말해주는 것도 그리 나쁘지 않습니다. 좌충우돌, 공부하는 부모 밑에서 자란 제 두 아이는 집안이 어찌 돌아가는지를 다 꿰고 있습니다. 무언가를 사고 싶다고 말한 동생에게 "갖고 싶은 것 다 가지면 우리 집 망한다."며 책망하던 큰아이의 경제 개념 또한 그 덕분입니다. 아이는 어려서부터 가정경제 사정을 훤히 알고 있던 탓에 자신은 물론이고 부모의 소비 패턴까지 체크하며 집안 살림을 챙겼습니다. 가정이라는 공동체의 일원으로서 가정경제를 공유하는 것도 좋다고 생각해 공개했기 때문입니다. 그러니 부족하면 부족한 대로 그 상황에서 살아갈 수밖에요. 물려받을 게 없으니 스스로 준비할 수밖에 없다는 것도 깨달아가면서 말이지요. 유산이라는 게 특별한 게 아닙니다.

'가진 게 없으니 해줄 게 없다'는 말은 물질적인 것에 포커스를 맞춘 것입니다. 자본주의 경제 논리에 우리의 생각이 고착화된 것이지요. 물질적 풍요 안에서만 아이들이 잘 자랄 수 있다는 생각은 위험합니다. 그보다 더 가치 있는 일이 많으니까요. 그러니 '~때문에 안 된다, ~때문에 못 한다'라는 말을 아이들 앞에서 쉽게 해서는 안 되겠습니다. 이 세상에는 돈보다 더 가치 있는 것들이 많음을, 부모를 통해 아이들이 배울 수밖에 없다는 것을 염두에 두어야겠지요.

맞벌이 부부가 노곤함을 견디며 아이들 옆에 앉아 책을 읽는다니, 생각만으로도 흐뭇해집니다. 생각하기 나름이에요. 그 어떤 꽃도 자신의 자리를 탓하지 않습니다. 꽃에게 물어봤냐고요? 그리 따지자면 할 말이 없지만, 처한 현실을 탓하지 않고 최선을 다하는 부모의 모습, 그런 부모 밑에서 자란 아이들의 미래는 어떨까요?

무엇이 중요한지 알면서 행하지 않는 것은, 모르고 행하지 않는 것보다 못합니다. 아이들이 부모를 닮아간다는 것, 참 무서운 말입니다.

아이가 공부를 곧잘 하니
영재반이니 경시반이니 바람 들 일이 많네요.
시키라는 대로 다 시킬 수도 없고….

아이가 자신감 있는 건 좋은데 오만해질까 봐 걱정이에요.

학원, 보내야 할까요?

자신의 오만한 태도를 시인하며 흘린 눈물은
많을수록 좋습니다.

흔히 '소 잃고 외양간 고친다'고 하지요. 소를 잃고 외양간을 고친들 소용이 없다는 것입니다. 그래도 외양간은 고쳐야 합니다. 소는 다시 사들이면 되니까요. 소를 잃고 외양간을 고치는 건 새로운 소를 맞이하기 위한 작업입니다. 잃어버린 소에 대한 미련을 버리고, 외양간을 튼튼하게 고쳐서 다시 들인 소를 잃어버리지 않도록 단속을 잘해야지요.

큰아이가 초등학교 오 학년이 되자, 아이 담임으로부터 전화가 걸려왔습니다. 수학경시를 시켰으면 좋겠다며 전문 학원에 보내라고 합니다. 그동안, 집에서 문제지를 혼자 풀고 틀린 문제를 노트에 정리해보는 방법으로 단계별 학습을 홀로 해가던 아이였습니다. 그런 아이가 경시라니. 문제는 벌써 아이에게 바람이 들어가 있었다는 것입니다. 교내 경시에 일등 한 번 했다고 다들 추켜세운 모양입니다. 해보고 싶다는 아이의 눈빛이 간절합니다. 이런 이유로 마침내 아이의 첫 학원행이 시작되었지요. 그런데 초등 오 학년 경시 문제라는 게 어이없게도 중학교 일이 학년 수준입니다.

"이걸 다 이해하고 풀었니?"

그냥 풀 수 있답니다. 학원에서 방법을 배운 것일까요? 학교에 다녀오면 경시학원으로 향해 어두워져서야 집에 돌아온 아이는 저녁을 먹은 후 학원에서 내준 숙제에 두어 시간을 할애했습니다. 악기 레슨도 독서도 겨우 겨우 버티는 수준입니다. 게다가 운동은커녕 놀 시간이 없었지요, 시험에 대비해 주말에도 학원을 가야만 했으니까요. 그렇게 일 년이 다 되어가던 어느 날, 아이에게 물었습니다.

"계속 할 거니?"

아이가, 한번 시작하면 끝까지 가야 한다고 합니다.

"그곳이 수렁인 걸 알고 계속 가는 건 빠져 죽겠다고 작정한 거야."

거의 일 년을 해왔는데 여기서 그만두면 억울하다는 아이의 눈빛입니다. 강경책을 내밉니다.

"전국 삼 퍼센트 안에 들면 계속하고, 아니면 그만

두기."

십 퍼센트 안에 들겠다고 합니다.

"그럼 아니야."

시간 낭비입니다. 불확실한 하나를 얻기 위해 모든 걸 포기한다는 것은 큰 모험입니다. 초등생이 중학 과정을 하고 중학생이 고교 과정을 한다고 그 아이가 월등해질까요? 수학에 재능이 있는 아이라면 그 길을 가도 무방하겠지만 제 아이는 아니라는 판단을 내렸습니다. 학교 교과서와 학년에 맞게 따라가면 되는 것이지요. 전문학원에서 전투하듯 훈련하는 수학 공부를 굳이 할 필요가 없습니다. 아이의 고집에 끌려가다 제때 해야 할 것들을 놓칠 수도 있기 때문에 내린 결론입니다.

"그냥 놀아. 경시 한다고 놀지도 못했잖아."

고시생도 아니고 초등생이 어려운 문제 몇 개 풀려고 일 년을 학원에서 살다니, 원! 아마 경시보다는 학원에서 만나는 친구들과 노는 재미가 컸던 건 아닐까요. 학원을 그만둔 후에도 아이는 습관적으로 가방을 메고 집을 나서려 했습니다. 놀 자리를 펴주니 놀지도 못했고요.

"악기와 독서는 고학년이 될수록 지속이 어려워."

그렇습니다. 독서는 물론이고, 악기의 경우 학년이 오를수록 지속하기가 쉽지 않습니다. 악기와 독서, 운동에 치중하며 육 학년 일 학기를 보내던 어느 날입니다.

"엄마, 내일 기말고산데 땡땡전과 사주시면 안 돼요?"

"오호라! 시험이라 놀이터가 그리 조용했고만!"

학원 가겠다는 것도 아니고 전과 한 권 사달라는데 못 사줄 리 없습니다. 저녁식사를 마친 아이가 책상에 앉아 땡땡전과를 슬슬 넘기기 시작합니다. 그 결과, 아이는 평균 구십이 점을 받았습니다.

"참 놀랍다. 구십이 점이라니!"

아이가 땡땡전과 덕이라고 합니다.

"그게 아니고, 네가 하겠다는 마음을 가졌기 때문이지."

그러고는 친구들이 중학 과정을 배우러 모두 학원에 간다며, 엄마의 반응을 기다립니다.

"네가 확인했잖아. 어차피 학원에 가도 문제지를 풀 거야. 그런데 그걸 하러 가?"

원하면 문제지는 사줄 것이라고 말했습니다.

"요즘 문제집은 아주 친절해. 답과 설명이 다 붙어 있잖아."

그랬더니 이번엔, 엄마가 공부를 많이 했으니 가르쳐 달라고 했지요.

"박사 할애비라도 안 돼. 내 공부는 내가, 네 공부는 네가! 됐지?"

모르는 것은 설명을 읽어보고, 더 모르는 것은 인터넷에 찾아볼 수 있으니 굳이 엄마가 도와줄 필요가 없다고 말했습니다. 사실 중학 과정은 엄마도 어려워 도와줄 수 없다는 고백도 합니다. 도와줄 사람이 없으니 어찌되었든 저 혼자 할 수밖에요.

중학교에 들어가 일 학년 일 학기 첫 수학시험이 끝난 날, 수학 담당 교사가 전화를 걸어왔습니다. 안면도 없는 수학교사가 전화를 걸어오다니, 놀랐습니다. 아이가 수학시험에 육십팔 점을 맞았다며, 염려되어 전화를 했다는 것입니다. 그런데 한다는 말이 이렇습니다.

"제가 가르칠 게 없는 아이예요."

그러니 더 어이가 없다는 것입니다. 더욱이 쉬운 문제만 골라서 틀렸다는군요. 그제야 알았습니다. 경시 준비한다며 어려운 문제만 풀어대더니 기초적인 문제를 무시하고 건성으로 찍고 넘어간 게 분명합니다. 속 빈 강정. 아마 어려운 문제를 척척 풀어내니 담당 교사가 눈여겨봤을 테고, 시험을 통해 그 허점을 확인한 셈입니다.

이야기를 들은 아이가 자신의 실수를 탓하며 울기 시작합니다. 자신의 오만한 태도를 시인하며 흘린 눈물은 많을수록 좋습니다. 아이는 울고 엄마는 속으로 웃었습니다. 자~알 당했다!

아이의 말인즉 쉬운 문제는 쉬우니까 건성건성 풀고, 어려운 문제에 집중했다는 것입니다. 쉬운 문제라고 건성건성 눈으로 훑는다고 쉽게 답이 나올 문제는, 대한민국 교사들이라면 절대 내지 않는다는 걸 아이가 몰랐던 모양입니다. 하나를 얻으려다 다 잃을 뻔했던 경험입니다. 이후, 아이는 차근차근 교과서에 집중했습니다. 소를 한번 잃고 외양간을 고친 것입니다. 학원에 다니는 친구들과 어울릴 수 없으니 테니스도 하고 독서와 악기 등을 하면서도 시간이 넉넉했지요. 시간이 넉넉하니 마음이 여유로웠습니다.

모든 시험은 교과서가 기본입니다. 그 기본을 무시하면 큰 코 다친다는 사실을 아이가 알았으니 참 다행입니다.

주변에서 아이가 참 똑똑하다고들 해요.
영재인지 테스트도 받아보라고 하고요.
이런저런 학원이나 교육원도 추천해줍니다.
똑똑하고 가능성이 많은 아이인데
영재교육을 따로 시키지 않는다는 건
너무 무책임한 거 아닐까요.

엄마인 내 꿈을 아이에게 투영하고 있는 건 아닌지…
정말 아이를 위해서인 게 맞을까요?

부모는 착각하며 살지요.
하지만 선을 넘어서는 안 되겠습니다.

　　아이가 영재 아닌가? 하고 착각하는 부모들이 의외로
많습니다. 주위로부터 똑똑한 거 같으니 영재교육을 받아야
하는 거 아니냐는 말을 듣게 되면 기분이 그리 나쁘지 않아
요. 아이가 특별한 행동을 보이거나 또래 다른 집 아이보다
뭐 좀 다르다는 얘기를 주위로부터 듣게 되면 '정말 그런가?'
가 아니라 '그래, 영재가 맞아!'라는 쪽으로 확신하는 부모.
그런 부모의 거침없는 착각과 상상력으로 영재가 태어나기
도 합니다. 아이들이 말을 배우기 시작하면서, 예기치 않게
하는 말과 행동에 감탄하며 만들어진 영재 신화, 저 또한 고
민을 해본 건 사실입니다. 게다가 영재센터에 다닌다는 아이
엄마가 자꾸 바람을 넣었지요. 떡 본 김에 제사 지낸다고, 부

채질에 힘입어 따라가? 불온한 욕망이 끓어오르기 시작합니다. 그런데 내 아이가 정말 영재일까요?

"글쎄요."

설령 아이에게 영재성이 있었다 해도 두뇌의 우수한 정도와 아이의 행복도가 결코 비례하지 않는다는 걸 알기 때문일까요. 미래에 대한 확신이 없어서인지도 모르겠습니다. 우리 사회에선 평범하지 않은 사람에 대한 시선이 그리 곱지 않다는 부정적인 생각 때문이기도 했겠지요. 일찍이 평범한 게 좋다, 라는 생각을 해오던 터입니다. 점프 실력을 뽐내는 개구리처럼 아이가 멀리 뛰어야 한다면 얼마나 힘이 들까요. 영재라는 말이 평생 아이를 따라다닌다면 어쩌면 아이는 그 무게와 시선 때문에 숨을 쉴 수도 없었을 것입니다. 실제로 영재라는 아이들이 자라면서 제 기량을 제대로 펴지 못한다고 하지요.

평범한 삶, 거창한 것보다는 작은 것, 소소한 일상이 아름답다는 믿음 때문에 내 아이가 영재로 성장하는 것에 동의하지 않았습니다. 아니, 실제로 영재가 아니었고요. 영재 아닌 아이를 영재로 둔갑시킨다면 얼마나 아이가 혼란스러울까요.

"평범한 게 좋아."

아이들에게 늘 같은 말을 반복합니다. 아이의 기를 꺾

는 엄마라고 받는 눈총쯤이야 괜찮습니다. 바람을 몽땅 불어넣은 풍선이 날아갈 방향을 모르고 이리저리 떠돌다 전깃줄에 걸려 부대끼는 걸 보았지요. 언젠가는 터질 풍선입니다. 지극히 평범한 아이가 여느 아이들과 조금 다르다고 영재가 되는 건 바람직하지 않습니다. 문제는 부모의 마음입니다. 내 아이가 영재였으면 하는 마음이요. 내 아이가 남의 아이와 달리 특출하다는, 영재라는 소리를 듣고 싶은 부모의 욕망이 자칫하면 아이를 망칠 수 있다는 것이지요.

그런 엄마가 있었습니다. 자신의 아이가 영재라는 소리를 듣고 싶어 했지요. 제가 보기엔 선행학습을 통해 또래 아이보다 조금 앞선 평범한 아이였습니다. 그런데 아이 엄마는 스스로 아이를 다른 아이들과 차별화했고 아이가 뛰어나다고 믿고 있었지요. 스스로 아이에 대한 신화를 만들어가는 엄마라고 생각했습니다.

아이가 자신의 전부인 듯, 학교를 시작으로 이 학원 저 학원 자동차에 아이를 실어 나르며 종일 한 몸인 듯 살았습니다. 그렇게 시간이 흘렀지요. 외지 생활을 하고 돌아와 우연히 신호 대기에 자동차를 멈추었는데, 사람들의 시선이 차도에서 우왕좌왕 서성이는 한 여인에게 쏠렸습니다. 그런데 그 여인의 얼굴이 낯설지 않습니다. 얼굴은 검게 그을렸고 파

파노인처럼 머리가 성긴 여인, 바로 그 엄마였습니다. 너무 놀라 신호가 떨어졌음에도 쉽게 자리를 뜨지 못했지요. 후에 그녀와 친분이 있는 분에게서 그 엄마가 정신분열증을 앓는다는 충격적인 소식을 들었습니다.

"다 아이 때문이지."

그리 꼿꼿하고 자존심 강하던 여인이 그리되었다니 납득이 되지 않았습니다.

기대를 한 몸에 받았던 엄마의 영재가 학년이 올라가며 성적이 떨어졌고, 마침내 지방에 있는 대학을 겨우 들어갔다는 것입니다. 얼마나 상심이 컸으면 그리되었을까요. 희망이 사라지니 살 의욕을 잃었고 서서히 정신 줄을 놓아버린 것 아닐까요.

참으로 무서운 일입니다. 자신과 동일시했던 아이를 통해 자신의 꿈을 이루고자 했던 엄마, 그 엄마의 기대에 부응하지 못한 아이, 둘 다 결과적으로 불행해진 경우입니다. 극단적인 이야기라고요? 그렇습니다. 이런 경우는 흔하지 않아요. 그러나 많은 부모들이 아이와 자신의 삶을 동일시한 탓에 아이와의 관계가 악화되어 서로 상처를 입고 마는 경우를 여럿 보았습니다.

부모는 착각하며 살지요. 하지만 선을 넘어서는 안 되겠습니다.

'평범한 게 제일 좋은 것'이라고 아이에게 누누이 말했던 게 얼마나 잘한 일인지⋯ 가슴을 쓸어내렸습니다.

아이가 방황하고 있습니다.
다들 그런 시기를 거친다고들 하더군요.
하지만 길을 헤매고 있는 아이를 지켜보면서
초조한 마음을 감출 수는 없네요.
아이도 이런 제 마음을 느낄 테죠.

노를 꼭 잡고 저어가다 보면
마침내 원하는 항구에 이를 것이라고,
뱃사공은 꼭 해내리라고 믿었습니다.

"길들은 다 일가친척이다"라는 함민복 시인의 말은 바쁘 가려는 마음을 잠시 붙들어두고 숨 고르기를 할 수 있는 여유를 갖게 하지요. 일가친척이니 다 맞닿아 있어 마음만 먹으면 어느 길을 택해도 목적지에 갈 수 있습니다.

남편이 십 년차 공직 생활을 접고 다른 길을 찾겠다고 했습니다. 관료 생활이라는 게 매달 봉급을 꼬박꼬박 받을 수 있고, 퇴직하고 나면 연금이 나올 테니 화려한 생활은 아니라도 순풍을 맞으며 인생 항해를 할 수 있을 것입니다. 그만큼 매너리즘에 빠지기도 쉽고요.

"그리 살아도 됩니까?"

다람쥐 쳇바퀴 돌듯 '그날이 그날'이라는 '그런' 생활이 반복되던 어느 날, 내뱉은 한마디에 남편이 충격을 받은 모양입니다. 며칠 고민을 하더니 그만 직장에 사표를 내고 말았습니다. 아니, 그런다고 사표를 내는 가장이라니? 참 어이없는 일입니다. 달리 살아보려니 공부를 하겠다고 했지요. 머뭇거리지 않고 짐을 싸 산속으로 떠난 남편, 하고 싶은 일이 있다는데 차마 잡지 못했습니다. 공부에 육아, 경제활동까지 하는 아내가 보내준 돈으로 공부하는 남자, 당연히 주위에서 말이 많았지요. 그래서일까요? 열다섯 달 후, 공부를 마친 남편이 돌아왔습니다. 어린 자식들을 두고 나이 들어 하는 공부가 그리 쉽지 않았을 텐데, 지난한 과정을 거쳐 변호사가 되었지요. 당시, 변호사라면 서초동 법원 앞에 둥지를 틀어야 한다고들 생각하던 때였습니다. 남편은 연고도 없고 법원도 없는 곳에 사무실을 열어 그 지역의 1호 변호사가 되어 주민들의 사랑을 많이 받았지요.

많은 사람들이 다양한 곳에 찾아가 봉사를 합니다. 그리 보면 변호사라는 직업 또한 그들 못지않게 할 일이 참 많다고 하는군요. '직업은 돈이다'라는 공식이 우리의 삶을 지배하면 삶이 고달파질 수 있습니다. 돈 때문에 숱한 분쟁이 일고 살인을 하며, 돈을 좇다 삶을 망가뜨리는 경우도 많으니까요. 그런데 돈과는 별 상관없이 자신의 직업을 사랑하는 사람도 있으니, 모든 직업을 돈을 기준으로 이렇다 저렇다 평가할 수는 없겠습니다. 직업이란 매우 개인적이고 주관적인 판단으로 선택하는 것이니만큼 어느 직업이 좋다, 나쁘다, 라는 말을 적용하는 것은 적절치 않아요.

학생들의 경우에도 돈을 많이 벌어 좋은 차를 사고 좋은 집에 살며, 해외여행을 많이 다니고 싶다는 꿈을 가지고 있었습니다. 연봉이 높은 직업을 가지고요. 그래야 성공했다고 생각하지요. 실제 청소년들을 대상으로 한 조사에 의하면, 많은 청소년들이 돈을 많이 버는 직업을 선호한다고 합니다. 아이들의 목표가 돈을 많이 버는 것이 된 것입니다. 남들보다 많은 돈을 벌기 위해 수많은 경쟁 속으로 뛰어드는 것이지요. 그런데 개중에는 돈은 좀 부족해도 좋아하는 일을 하며 유쾌하게 살고자 하는 젊은이들도 있습니다.

젊은 날에는 다양한 경험을 통해 좋아하는 일을 찾아가는 것도 좋습니다. 그런 아이들을 가진 부모라면 돈, 돈, 하면 안 되겠습니다. 돈 때문에 고달프게 살아보지 않아 하는 말이라고요? 돈, 돈 하며 돈을 좇을 기회도 있었지만 좀 느긋하게 살겠다는 마음을 먹으니 훨씬 여유로웠습니다. 가족이 많은 시간을 공유하고, 서로 마주 보는 삶이 더 중요한 가치라는 걸 깨달은 후입니다.

　대기업에 입사해 사회 초년생이 된 큰아이는 아침 여섯 시에 나가 밤 열두 시가 되어 들어오는 날이 많았습니다. 그런 날을 버티며 일 년 반이 지난 어느 날, 사표를 내었지요. 아버지의 뒤를 따르고 싶다는 바람을 갖고 있었습니다. 경제협력개발기구(OECD) 국가 중 노동 시간이 제일 길다는 우리나라에 사는 수많은 아버지들이 새벽부터 밤늦게까지 일을 하며 살아가지요. 아이가 가정을 가진 아버지였다면 그리 쉽게 사표를 내지 못했을 것입니다. 서른 안 된 청년이 안 가본 길에 가보겠다는데 말릴 수가 없었습니다. 어차피 길이라는 게 일가친척이라면, 자신이 가고자 하는 목적지를 향해 좀 돌아간다 한들 그리 나쁘지 않으니까요.

　여전히 많은 아이들이 바다 한복판에서 이 항구 저 항구 기웃거리고 있습니다. 노를 왜 그리 젓느냐, 풍랑을 만나 배가 뒤집히면 어쩔 테냐 등등 할 말이 많지요. 하지만 배가 좌초되거나 뒤집히지 않게 노를 꼭 잡고 저어가다 보면 마침내 원하는 항구에 이를 것이라고, 뱃사공은 꼭 해내리라고 믿었습니다. 결국 큰아이는 법조인이 되었지요.

　미국의 뇌 건강 연구소에서 알츠하이머와 파킨슨병 임상연구에 참여하고 있는 딸아이는 자신의 일에 보람을 느끼며 일이 몹시 즐겁다고 합니다. 깜박깜박 등대처럼 건망증이 심한 엄마를 위해 연구를 게을리할 수 없다는 아이를 가자미눈으로 쳐다보았지만, 누군가를 이롭게 하고 자신이 좋아하는 일을 한다니 참 다행입니다. 원하는 길을 따라간 큰아이도 작은아이처럼 그리 유쾌하게 살았으면 좋겠습니다.

아이들이 길을 가다 좀 멀리 돌아가도, 아이들의 선택을 믿고 응원하며 신뢰의 끈을 놓지 말아야겠습니다.

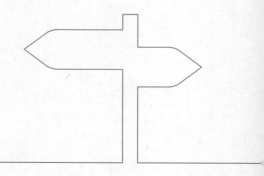

아이 의견을 최대한 존중하려고 노력하지만
도무지 의견 차이가 좁혀지지 않아요…
사실을 이야기하자면
아이의 결정이 도통 마음에 들지 않습니다.

제 자식이지만 정말 말을 안 듣습니다.
일부러 반대로 하는 게 아닐까 싶을 정도예요.
엄마 아빠는 다 저를 위해서 그런다는 걸
어떻게 하면 아이가 알게 할 수 있을까요?

저 자신부터 반성해야 할 일이지만,
우리는 우리의 부모님이 원하는 대로 성장해왔나요?

많은 부모들이 이야기합니다. 아이들이 커가며 점점 말을 듣지 않는다고요. 미운 일곱 살이 아니라 미운 네 살, 아니 배 속에서부터 말 안 듣기로 작정하고 나온 아이들 같다는군요. 당연합니다. 보고 듣고 배운 것들이 있고 생각이 자라는데 부모 마음대로 조종할 수 있다고 생각하는 것부터가 큰 착각입니다.

부모는 이쪽으로 가길 바라는데 아이는 기어코 저쪽으로 가겠다고 주장합니다. 분명 그 길이 아이에게 적합하지 않은 걸 뻔히 아는 부모라면 반대하겠지요. 갈등이 생길 수밖에 없습니다. 서로 반목하고 불신하기에 이릅니다. 부모의 입에서 자식이 아니라 원수라는 말이 나오기 시작하지요.

아이들은 자신이 하는 일에 부모가 찬성하고 지지하는 일이 없다고 푸념합니다.

서로에 대한 기대치 때문 아닐까요? 부모는 자식이 이렇게 해주었으면, 이렇게 되었으면 하는 이상적인 모델을 갖고 있는 경우가 많습니다. 어쩌면 부모가 이루고자 했던 꿈을 자식에게 떠넘기고 있는 건 아닐까요? 입장을 바꿔 생각해보기로 하지요. 저 자신부터 반성해야 할 일이지만, 우리는 우리의 부모님이 원하는 대로 성장해왔나요? 그러기를 거부하지 않았나요? 아이가 내 복사판이 되기를 바라는 부모가 있는가 하면, 내가 되고자 했던 모델이 되길 원하는 부모가 있지요. 전자는 흔히 성공했다고 자타가 인정하는 부모들입니다. 자식이 최소한 자신보다 낫거나 같기를 바라지요. 후자는 자식이 이룬 것을 통해 부모가 대리 만족을 하려는 경우입니다. 어느 쪽도 아니라고요? 그렇다면 참 다행입니다.

사실, 자식을 온전히 마음에 들어 하는 부모가 얼마나 될까요? 학교 성적은 고사하고 스타일부터 행동거지 하나하나 마음에 안 드는 게 한두 가지가 아닙니다. 그러니 부모는 잔소리꾼이 되어갈 수밖에요. '부모' 하면 떠오르는 낱말이 무엇일까? 하고 학생들에게 물었습니다. 내심 기대하는 답이 있었는데 의외로 많은 아이들이 '잔소리'라고 합니다. 아이들의 잔소리꾼이 되려고 부모가 되었을까요? 잔소리가 아이들에게 약이 될 거라고 생각하지만 실제로는 그렇지 않습니다. 부모가 아이들에게 하는 잔소리에는 꼭 누군가를 끌어들여 비교하는 말이 들어 있는 경우가 많아요.

　　인간이 가장 불행하다고 느낄 때는 자존심을 건드렸을 때라고 합니다. '이런 것도 못 하니?' '그 정도밖에 안 돼?' 하는 식의 말을 했을 때, 아이가 변화의 의지를 보이던가요? 이런 말은 아이의 기를 꺾어 주눅 들게 하고 좌절케 하며 상처를 주기 쉽습니다.

　　모든 아이들이 저마다 장단점을 갖고 있지요. 그런데 문제는 단점이 장점보다 부각된다는 것입니다. 그러다 보니 걱정이 앞서 비난하는 말이 쉽게 나오기 마련이지요. 부모가 바라는 아이로 키우고자 하는 열망이라고 하지만 아이와의 관계가 나빠지기 십상입니다. 대학생들을 보면 부모와의 관계가 좋지 않은 경우가 많습니다. 학생들에게 부모와의 관계 회복을 염두에 두고 내준 과제가 있었습니다. 남학생은 아빠 손잡고 산책하기, 여학생은 엄마와 산책하기입니다. 부모의 꿈에 대한 인터뷰도 요구했지요. 글을 써 발표합니다. 그리 어려운 과제가 아닌데 부모와의 관계가 껄끄러워 과제를 하지 못하는 학생들이 종종 있습니다. 과제를 계기로 부모와 화해하고 관계가 회복되었다는 학생들도 있지요. 그렇습니다. 부모와 자식 관계에 있어서 이성적으로 서로를 바라보기란 쉽지 않습니다. '사랑'이라는 이름으로 모든 게 가능한 관계라고 하지만 사실 위험한 포장이 될 수도 있지요.

　　지나친 사랑과 관심을 집착이라고 합니다. 아이에게 집착할 경우, 아이는 물론 부모 또한 삶이 피폐해지기 쉽습니다. 아이는 부모의 기대에 부응하기 위해 엄청난 스트레스를 갖게 될 것이며, 부모는 아이로 인해 일상의 감정과 기분이 널뛰듯 하겠지요. 서로 날 선 칼날 위를 걸어가는 모양새입니다. 불만이 가득 차 팽팽한 긴장관계에 놓일 수밖에요. 폭탄 하나씩을 끌어안고 있습니다. 그러다 어느 날, 빵! 하고 터지겠지요. 서로 심한 말이 오고 갑니다. 감정이 격해지니 엄마는 그동안 쌓아두었던 말, 할 말 안 할 말 가리지 않고 일제히 쏟아냅니다. 아이는 아이대로 엄마에 지지 않아요. 이런 일을 겪고 나면 관계가 소원해질 수밖에 없습니다. 이럴 땐 빨리 사과를 해야겠지요. 빨리 할수록 좋습니다. 사과는 정중히 진지하게 해야 하고요. 부모가 자식에게 무슨 사과냐고요? 부모와 자식 사이니 더욱 그래야 합니다. 미적거릴수록 원수처럼 서로가 불편해지거든요. 사과하는 데 익숙하지 않은 부모들이라면 더욱 그렇습니다.

　　같은 집에 살면서 마음을 훤히 보이며 사는 게 가족이

에요. 부모의 권위나 자존심, 그리 중요하지 않습니다. 아이들은 그런 부모, 집이 좋고 가족이 좋아지겠지요. 남일 경우 불편하고 껄끄러우면 서로 안 보면 그만인데, 부모와 자식 간은 그럴 수도 없습니다. 사춘기가 되며 자기주장이 강해진 아이들은 부모와의 껄끄러운 관계로 인해 가출을 하거나 나쁜 길로 빠져들기도 하지요. 서로 화해할 시기를 놓쳐 하루 이틀 시간이 흐르면 쉽지 않습니다. 그러니 냉정하게 부모가 아이에게 실수할 경우, 잘못을 인정하고 사과를 해야 합니다. 아이들이 무시한다고요? 과연 그럴까요. 아이들은 그런 부모의 태도를 닮아가겠지요.

우리가 마음을 좀 바꿔보면 어떨까요?

부모에 의해 세상을 만나게 된 아이들입니다. 자식으로 태어나준 것 자체가 축복이지요. 그런데 부모들은 그것만으론 도저히 만족할 수 없다는 것입니다. 건강하면 똑똑해야 하고 똑똑하면 부모가 원하는 그 무언가로 키워야 직성이 풀립니다.

형과 자신을 비교해가며 매사에 못마땅해하던 부모를 토막 내 쓰레기통에 버렸다는 패륜아에 관한 섬뜩한 기사를 접했습니다. 이류는 안 되고 일류만 되어야 한다고 강요했다는 부모, 늘 비교당하고 비난받으며 살았다는 살인범 얘기를 부모가 되었다면 마음에 담아둘 필요가 있습니다.

사실 아이들을 들여다보면 칭찬할 게 참 많습니다. 교과에는 별 관심이 없어 보이는 학생도 장점이 한두 가지가 아닙니다. 수업 시간마다 맨 뒷자리 구석에 앉아 줄곧 조는 학생이 있습니다. 게임을 좋아해 부모의 속을 썩이며 산다는 학생이 발표한 비평 글을 보고 너무 잘해서 놀랐지요. 칭찬을 듬뿍 받은 학생이 장문의 메일을 보내왔습니다. 살면서 칭찬받은 기억이 없는데 급우들 앞에서 받은 칭찬에 가슴이 울컥했다고 합니다. 별 쓸모없는 인간으로 산다고 생각했는데 자신에게도 잘하는 게 있다는 걸 알았다며, 자신이 잘할 수 있는 일을 찾아가겠다는 내용입니다. 게임에 빠져 있다지만 의외로 많은 책을 읽은 학생이었습니다. 게임을 좋아하면 한 단계 발전시켜 게임프로그래머가 되거나 평론 글을 써보아도 좋겠다는 말에 자신감을 가진 것 같았습니다. 그 아이뿐 아닙니다. 끊임없이 노트에 무언가를 끄적이는 여학생은 생활만화를 그려 주위 친구들에게 인기가 많았습니다. 만화가는 밥 먹고 살기 힘들다는 부모 강요에 의해 대학을 왔다는 아이는 학교생활이 그다지 즐겁지 않아 보였습니다. 좋아하지 않는 공부를 하느니 대학 사 년간 좋아하는 만화에 집중했다면 얼마나 좋았을까를 생각하면 안타깝습니다.

아이들을 보면 부모가 보지 못한 숨은 재능을 가지고 있는 경우가 많습니다. 그러니 성적을 기준으로 아이들을 판단하고 평가하는 게 참 위험합니다. 학교에서든 사회에서든 성적이 좋아야 대접받고, 좋은 대학에 들어가야 출세하고, 좋은 직장에 들어가야 성공한 거라는 판에 박힌 생각에 아이들이 숨이 찹니다. 이 세상 모든 부모는 '자식 잘 키웠어'라는 소리를 듣고 싶어 하지요. 주위의 시선으로부터 자유롭지 못합니다. 그러고 보면 아이를 위해서라고 하는 일들이, 따지고 보면 부모가 스스로를 위해 아이를 이용하는 것 아닐까요. '아이를 위해서'라고 되뇌는 부모. 그런 혐의로부터 자유로울 수 없습니다.

아날로그 세대로 남아 있는 저는 기기를 이용해 강의 프로그램을 만들 때마다 매번 큰아이에게 도움을 청합니다. 가르쳐주었는데도 매번 묻고 또 묻는 엄마, 핀잔을 주거나 거절할 수도 있을 텐데 아이는 단 한 번도 그런 적이 없습니다. 자식들에게 뭐 하나라도 묻게 되면 그것도 모르냐며 핀잔을 준다는 동료 선생들이 가장 부러워하는 아들입니다. 엄마의 부족한 머리를 탓할 만도 한데, 아이가 늘 반복해서 하는 말입니다.

"걱정 말아요, 엄마. 그 나이엔 정상이에요. 언제든 도와드릴게."

참 위로가 되는 말입니다. 엄마의 무능함을 지적하고 귀찮아할 수도 있을 텐데 짜증을 낸 적이 없으니 참 착하죠. 정리 정돈을 잘 못하고, 양말을 아무 데나 벗어놓기도 하며, 마음에 안 드는 것도 있지만 부모 마음을 헤아리는 따뜻한 배려를 생각하면 그깟 허물쯤은 그냥 덮어줘도 된다고 생각합니다. 그러다 보면 칭찬할 게 한두 가지가 아닙니다. 그러니 제 기준으로 본다면 잘 자라준 셈입니다.

부모의 허물을 아이들이 들춰내며 비난하고 잔소리를 해댄다면 유쾌할까요? 그러니 꼭 하지 않으면 안 될 사안에 대해서만 진중하게 아이에게 부탁하게 됩니다. 그것도 본인이 수용하면 다행이지만 안 한다 해도 어찌할 수가 없습니다. 어차피 삶이란 각자의 몫이니까요. 부모로서 해야 할 것만, 딱 기본만 하기로 합니다. 다양한 길을 보여주고 아이가 뚜벅뚜벅 혼자 걸어갈 수 있도록 뒤에서 그저 지켜봐야겠지요. 그러니 좀 더 아이에 대한 시선을 바꾸어볼 필요가 있습니다. 그래도 아이는 남보다 부모가 제일 잘 아니까요. 사회적 기준과 부모의 욕심이 아이를 궁지로 몰아넣고 있는 건 아닌지 다시 한 번 헤아려봅시다.

엄마 아빠가 온갖 관심을 다 쏟으니,
이기적인 아이로 자랄까 봐 은근히 걱정이 됩니다.
같이 사는 법을 어떻게 하면 자연스럽게 알려줄 수 있을까요.

아이가 뛰어나기를, 앞서나가기를 강조하다 보니
남을 배려하는 법을 모르게 될까 봐 걱정이에요.
남보다 꼭 앞서 나가는 게
중요한 게 아니라는 것도 알려줘야 할 텐데…

노랑 애벌레가 줄무늬 애벌레를 따라가지 않은 건,
못해서가 아니라
굳이 그렇게 살지 않겠다는 의지이기도 합니다.

타인의 삶을 이해하고 존중하는 게 기본이라는 생각
때문에 아이들에게 늘 '역지사지'와 '측은지심'이라는 말을
강조하게 됩니다. 공부, 성적, 일등, 출세, 성공, 이런 단어들은
아이들을 주눅 들게 하지요. 숨이 턱 막힙니다. 이런 단어를
귀에 딱지가 앉도록 들어온 아이라면 열등감을 갖고 심한 스
트레스를 받지 않을 수 없습니다. 오로지 자신이 으뜸이어야
만 환영받을 수 있다고 생각해보세요. 누군가를 이해하고 배
려하기보다 남보다 앞서야 하니 타인의 삶이 눈에 들어오지
않습니다.

트리나 폴러스의 『꽃들에게 희망을』에 등장하는 줄무

늬 애벌레의 삶이 그렇습니다. 사랑했던 노랑 애벌레를 버리고 위로만 올라가야겠다고 생각한 줄무늬애벌레, 수많은 애벌레를 밟고 위로 올라가던 줄무늬 애벌레의 눈에는 그 무엇도 들어오지 않았습니다. 오직 꼭대기만을 향했지요. 마침내 꼭대기에 올라간 그 줄무늬 애벌레는 어찌되었나요? 내내 꼭대기에서 잘 살았을까요? 꼭대기란 더 이상 올라갈 곳이 없는 곳, 언젠가는 내려올 수밖에 없는 곳이지요. 무언가 있을 것이라 믿고 올라갔던 꼭대기에서 줄무늬 애벌레는 문득 깨닫게 됩니다. 사랑을 나누었던 노랑 애벌레, 친구들, 그 깨달음 뒤에 줄무늬 애벌레는 꼭대기로부터 내려와 노랑 애벌레를 찾았지만 찾을 수가 없었지요. 줄무늬 애벌레를 따라가지 않았던 노랑 애벌레는 차근차근 실을 뽑아 고치를 만들고 결국 나비가 되어 훨훨 날고 있었으니까요. 욕심 부리지 않고 자신이 할 수 있는 일을 차근차근 해나간 것입니다.

　　어떤 이는 이 이야기가 꼭대기에 오르지 못한 애벌레들을 위로하는 글이라고 말합니다. 꼭대기에 가보지 않은 애벌레는 그곳이 어떤 곳인지 알 수 없다는 것이지요. 문학은 다양하게 열려 있으니 그런 해석도 가능합니다. 『이솝 우화』에 나오는 '여우와 신포도' 얘기와 같은 맥락에서 이해될 수 있겠군요. 손이 닿지 않아 따 먹을 수 없는 포도는 여우에게 '신포도'라는 것입니다. 신포도니 따 먹지 않기로 했다는 것이지요. 이런 걸 합리화라고 합니다. 할 수 없으니 미리 포기했다는 것. 그러나 노랑 애벌레가 줄무늬 애벌레를 따라가지 않은 건, 못해서가 아니라 굳이 그렇게 살지 않겠다는 의지이기도 합니다. 신념이 행동을 부른 것이에요. 순리대로 삶을 받아들이며 자신의 길을 뚜벅뚜벅 걸어간 것입니다. 굳이 남이 가는 대로 따라갈 필요가 없었던 것입니다.

나 자신은 없으면서 남의 삶을 부러워하고 흉내 내려는 아이들이 의외로 많습니다. 친구 따라 강남 가는 정도가 아니고 너무 멀리 가지요. 현실에 뿌리를 두지 않고 실체가 없는 것들을 현실로 착각하는 경우입니다. 이런 경우 유혹에 쉽게 빠져들고요. 누군가 나를 이해하고 공감해준다고 느끼면 이상한 단체나 조직에 빠지기도 합니다. 타인의 삶은 안중에도 없이 폭력과 테러에 무감각해지기도 해요. 그들이 타인의 삶에 대해 한 번이라도 생각해보았을까요?

다양한 폭력과 살인을 저지르는 이들의 삶을 보면 가족과 친구, 사회로부터 고립되어 나 홀로 삶을 살아가는 경우가 많습니다. 지금은 누군가의 훼손으로 없어졌지만, 미국 버지니아텍에 다니던 한국계 미국인 조승희의 총기난사 사건 이후, 학교 교정에는 조승희 비가 세워졌어요. 흉악범에 비석이라니? 놀랄 수밖에요. 그런데 그 비에 새겨진 내용을 보면 한 번 더 놀라게 됩니다.

"너를 위로해주지 못해서 미안하다."

네가 이렇게 되기까지 사회가 관심을 갖지 못했다는 것입니다. 내 삶에 집중하느라 타인에게 눈길을 주지 못한 것에 대한 깨달음과 후회를 읽어낼 수 있지요. 그의 삶을 이해하지 못하고 소통하지 못한 사회, 자신을 포함한 친구와 이웃에게 묻는 말이기도 합니다.

그렇습니다. 사람은 대부분 자신의 삶과 고통에만 집중하는 게 보편적 사실입니다. 그렇다 할지라도 부모는 반드시 아이들이 타인의 삶을 이해하고 소통할 수 있도록 해야 합니다. 자신의 삶이 소중하면 타인의 삶도 존중되어야지요. 꼭 물리적인 충격만이 폭력과 전쟁은 아닙니다. 친구를 집단으로 따돌리고, 사회적 약자를 괴롭히는 일도 폭력이며 전쟁입니다. 일등을 하고 사회적으로 명예와 부를 가졌다 해도 그 안에 타인을 이해하고 배려하는 마음이 없다면 영혼이 없는 쭉정이 삶을 사는 것과 다르지 않아요.

지인의 중학생 아들은 친구들로부터 괴롭힘을 당해 전학을 갔지만, 전학을 간 학교에서조차 왕따를 당해 결국 자퇴를 하고 말았습니다. 참 무서운 일입니다. 무언가 이유가 있어서 왕따가 되었다고요? 공부만 해도 왕따, 수줍어도 왕따, 예뻐도 왕따, 못생겨도 왕따, 도대체 왕따의 기준이란 게 '코에 걸면 코걸이, 귀에 걸면 귀걸이'와 다르지 않습니다. 다행히 아이는 홈스쿨링과 검정고시를 통해 중학 과정을 마쳤고 우여곡절 끝에 현재 독일에서 공부를 하고 있는 중입니다. 친구들로부터 집단 따돌림을 당할 경우, 아이들은 엄청난 트라우마를 갖게 되지요. 얼마나 시달렸으면 왕따를 당한 한 중학생이 "왕따 없는 세상에서 살고 싶다"는 유서를 남기고 자살을 했을까요. 그러니 내 아이가 친구들로부터 괴롭힘을 당하고 있지 않은지, 집단에 가담해 한 친구를 괴롭히는 건 아닌지 관심 있게 체크해보아야 합니다.

타인의 삶과 더불어 성장하는 아이들이 건강하고 멋진 삶을 살아낼 수 있으니까요. 소통의 부재 속에서 내 아이가 고립되어 있는 것은 아닌지 관심을 기울여야 합니다.

부모와 아이가 모두 행복해지는 법은 뭘까요.
머리로는 알지만 실천이 어렵습니다.
부모의 욕망과 거리를 두고
행복한 아이로 자라게 하고 싶어요…

대학을 안 간다고 설치는 아이…
그렇다고 무슨 대안이 있는 것도 아닌데, 마음이 복잡합니다.

아이들이 대학에 안 가면 무슨 일이 날까요?

　　부모라는 게, 자식을 위한 것이라면 무엇이든 주고 싶은 마음을 감출 수가 없습니다. 무얼 계산하며 주고받는 관계가 아니다 보니 모든 걸 열어놓게 되지요. 그러다 보면 다 털리고 빈 곳간만 지키고 있는 농부가 되는 경우가 많습니다. 하나를 주니 열을 달라고 하는 자식, 한둘이 아니라는 지인들의 얘기는 듣는 것만으로도 쓸쓸합니다. 부모 공양하랴 자식 교육시키랴 녹초가 된 베이비붐 세대의 한숨을 자식들이 알까요? 있는 집이야 크게 걱정할 게 없겠지만, 많은 부모들이 노후에 대한 불안감에 잠을 설치기도 하지요. 끊임없이 요구하는 자식의 사업 자금을 대느라 노숙자가 되어버린 아버지, 공공근로 다니는 늙은 엄마에게 붙어사는 사십 대 아들, 어디 그뿐인가요? 재산을 주지 않는다고 부모를 살인하는 패륜 범죄, 물건을 폐기 처분하듯 부모를 버리는 자식 이야기… 요즘은 그런 얘기가 그리 낯설지 않습니다. 오죽하면 부모 자식 간 '안 주고 안 받는다'라는 말이 나왔을까요?

그런데 요즘, 아이들이 독립해 자신의 앞가림을 하기란 그리 쉽지 않습니다. 대학을 졸업하고도 취업하기까지 한두 해는 훌쩍 넘기는 아이들이 많으니까요. 군대를 다녀와 복학한 남학생의 경우 나이가 꽤 많이 차 있습니다. 이런 학생들은 어학연수와 자격증 취득, 인턴까지, 잠깐 사이 삼십을 넘길 수 있다는 불안이 목을 조이기도 한다지요. 그걸 지켜보며 뒷바라지해야만 하는 부모 마음은 하루하루 초절임이 되어갑니다. 자식의 불안한 미래, 부모의 불안한 노후가 겹쳐 우울한 날이 이어집니다. 나이가 들었어도 취업을 못한 자식과 함께 사는 부모의 경우, 더욱 그렇겠지요. 육칠십 퍼센트가 넘는 학생들이 학자금 대출을 받는다고 하니, 대학 졸업을 해도 취업을 못 할 경우, 빚쟁이가 될 수밖에 없는 아이들입니다.

인상적인 학생이 있었습니다. 다른 학생에 비해 나이가 꽤 많은 편이었지요. 그런데 같은 과 학생들이 그 학생을 잘 모르고 있었습니다. 휴학과 복학을 반복하며 무려 칠 년

째 학업을 진행하고 있었기 때문입니다. 엄마의 소원이 '아들의 사 년제 대학 졸업장을 보는 것'이라고 하더군요. 가정 형편이 어려워 한 학기 일을 해야만 한 학기 등록을 할 수 있는 상황이었음에도 엄마의 바람을 저버릴 수가 없다는 학생이, 거인 같기도 하고 난쟁이 같기도 했습니다. 참 착한 아들입니다. 엄마의 소원 때문에 대학 졸업장을 받으려고 그리 애를 쓰니 말이지요. 엄마의 소원이 왜 하필 '아들의 사 년제 대학 졸업장을 보는 것'인지 궁금했습니다.

수능을 마친 고등학생을 대상으로 하는 인문학 강의에서 만났던 몇몇 학생 또한 대학을 가고 싶지 않다는 고백을 해온 적이 있습니다. 반드시 대학을 가야 한다는 부모님 때문에 고민하고 있었지요. 일찍이 취업해 하고 싶은 일을 해야겠다는 포부를 가진 아이들이었습니다.

아이들이 대학에 안 가면 무슨 일이 날까요? 남이 먹는 것을 못 먹고, 못 입고 못 가지면 상대적 빈곤, 박탈감을 느낀다고 합니다. 남은 다 가는데 못 가고, 남은 다 하는데 못하고, 남이 먹는 것, 갖는 것을 못 갖게 되면 소외감을 느끼시나요?

명품 가방을 가지려 아르바이트를 한다는 여학생, 명품을 좋아하는 여자친구의 마음을 얻으려고 일한다는 남학생, 그들의 부모가 '우리'라는 사실을 헤아려보아야겠지요.

왜, 우리는 '누구나'로부터 자유로울 수 없을까요. 그 '누구나'를 끊어버리겠다는 마음을 다지기가 왜 이리 어려울까요. 누구를 위해서도 아니고 '나'와 '아이' 가족 모두가 유쾌하게 살 수 있는 답을 빤히 알면서도 못 하는 건 두려움 때문입니다.

마음 훈련이 필요합니다. 좀 더 냉철하게 그 무엇도 마음에 들여놓지 않은 상태에서 '부모'와 '아이'를 생각해볼 필요가 있습니다. '나는' '아이는' 유쾌하게 온전한 상태로 지금을 살고 있는가.

경제적으로 풍요로운 이들이 모두 행복감을 느끼며 살까요? '아홉 가마 가진 사람이 한 가마 가진 사람의 것을 빼앗으려 한다.'는 격언처럼 회사의 자금을 빼돌리는 기업

총수나 부조리한 방법으로 재산을 증식하는 이들을 보면, 인간은 본능적으로 제어할 수 없는 욕망의 유전자를 가지고 있다는 생각을 지울 수가 없습니다. 그러니 자식에게 끊임없이 요구하는 부모의 욕망, 어쩌면 당연한 것인지도 모르지요. 그런데 그 욕망이 걷잡을 수 없게 되면 모두 다 불행해질 수 있다는 사실, 잊어서는 안 되겠습니다.

아이들이 대학에 들어갈 때 아이들의 학자금을 회수하기 위한 계약서를 합의하에 작성했습니다. "불이행 시 신체 일부까지 포기해야 한다"고 명시해두었는데, 아이들이 약속을 이행하며 신체를 보존하게 되었으니 참 다행입니다. 부모 자식 간 서로 원망하지 않고 유쾌한 관계를 유지하기 위해서라도 좀 '거리 두기'를 해야겠습니다.

아이에게 넉넉하게 해주지 못해서 늘 미안해요.

아이들이 살아가는 동안
경제적 빈곤보다는
정신적 빈곤에 절망하지 않길 바라면서…

　돈이란, 많을수록 좋다는 데 반기 들 사람은 없습니다. 돈이란 나름대로 쓸 데가 있기 마련입니다. 아무리 많아도 많다고 생각하는 사람, 흔치 않습니다. 그러니 돈 때문에 싸우고 살인을 하며 법정에 서기도 하지요. 부부의 이혼 사유 중에 경제적 문제가 으뜸이라니, 참 씁쓸합니다. 돈이란 게 삶의 근간을 흔들 수 있다는 것이지요.

　흔히 잘 사느냐 못 사느냐를 논할 때, 경제력이 왜 기준이 되었을까요? 돈이 많고 적음을 두고 잘 살고 못 산다고 판단하는 것은 좀 무리가 있습니다. 경제적으로는 부족해 보여도 유쾌하게 사는 가족들도 많으니까요.

어느 날, 우거짓국에 밥 한 술을 말아 일간지를 보는데 눈에 띄는 기사가 있었습니다. 영국 팝 가수 엘튼 존이 백이 십만 원짜리 점심을 먹었다는 내용입니다. 제 우거짓국이 좀 무색했을까요? 전혀 그렇지 않았습니다. 아무리 엘튼 존이 사정을 해도 우거짓국과 그의 점심을 바꿀 생각이 전혀 없었 으니까요.

입고 쓰는 물건이 변변한 게 없지만, 저의 가족은 하고 싶은 일을 맘껏 하며 유쾌하게 살고 있습니다. 남편이 공직 생활을 시작해 처음 갖게 된 자동차는 지인이 준 이십오 년 된 마크 파이브였지요. 우스운 얘기지만, 요즘 많이 탄다는 외제 승용차를 오래전 타본 셈입니다. 매일 세수하듯 닦고 윤을 내며 청사를 드나들었는데, 그 차가 어느 날 일간 경제신문의 한 면을 장식했습니다. 기자가 보기에 관료의 낡은 고물자동차가 매우 흥미로웠던 모양입니다. 변호사가 되어 구입한 자동차 또한 지금껏 타고 있으니, 언젠가는 경제신문 한 면을 장식할 날이 오지 않을까 하며 기다리는 중인데, 자동차란 한 장소에서 다른 장소로 운반해주는 이동수단이니 굳이 바꿀 필요가 없다는 아들, 아버지보다 한 수 위입니다. 그래서 그 아버지에 그 아들입니다.

딸아이의 교환학생 시절, 크리스마스를 맞아 백화점 구경을 간 아이가 친구들과 함께 산 이십 달러짜리 스웨터를 다음 날 반품했다고 합니다. 기껏 이십 달러 하는 스웨터를 입을 수 없었다는 말에 마음이 좀 짠했습니다. 남편의 군 생활로 인해 긴축하며 살아야 했던 시절 임신해, 짜장면 대신 짜짜로니를 먹고 낳아 면발처럼 길고 가무잡잡한 아이입니다. 늘 목구멍에 가시 같던 아이가, 이십 달러짜리 스웨터 하나 사 입었다고 뭐랄 사람 없건만 그게 안 되었던 모양입니다. 엄마의 소비 패턴 때문에 생긴 유전자라며 웃었던 아이는, 고액 연봉의 직장을 갖고 멸구 신세를 면했건만 할인매장을 쉽게 벗어나지 못했습니다. 아이가 직장을 갖기 전까지, 벼에 기생하며 사는 벼멸구처럼 부모에게 도움을 받아 산다고 '멸구'란 별명을 붙여주어 그랬을까요. 비싼 옷이나 물건을 사면 그에 맞는 몸값을 해야 하니 좀 두렵다고 말하는 아이가 기특하면서도 무서웠습니다.

　　어떤 이는 수십 억을 갖고도 늘 부족해 부조리한 삶을 살고, 어떤 이들은 십만 원을 쓰면서도 충분하다고 합니다. 생각이 행동을 부른다지요. 그러니 마음이 어디에 있는지를 자주 들여다보게 됩니다. 쓴 것보다는 달콤한 것을 더 좋아하는 혀의 간사함만큼이나 인간의 마음이란 끝없는 욕망에 마비되기 쉽습니다. 그 수위를 어떻게 조절하느냐에 따라 천국과 지옥을 드나들게 되지요. 그러니 아이들에게, 물건을 사는 데 소비하지 말고 경험을 사는 데 소비하라는 말을 자꾸 되풀이하게 되는지도 모르겠습니다.

부모의 경제습관은 아이들에게 대물림되기가 쉽습니다. 좋은 물건, 좋은 음식이란 남들의 평가보다는 자신이 정한 기준에 의해 가치가 결정될 수 있습니다. 그러니 남의 이목쯤은 무시해도 괜찮습니다. 지나치게 남의 눈, 빤한 기준에 맞추다 보면 늘 부족해 갈증이 나기 마련이지요. 누가 무

얼 먹고, 무얼 입고, 무슨 자동차를 타고 어딜 가든 나와는 별 상관없는 일이라고 생각하면 우울할 일이 없습니다. 우리 아이들이 '따라쟁이'라는 걸 염두에 둔다면, 부모가 좋은 소비 패턴을 보여주는 것도 중요합니다. 아이들이 살아가는 동안 경제적 빈곤보다는 정신적 빈곤에 절망하지 않길 바라면서 말이지요.

삶의 질은 경제력과 정비례한다는 말, 결코 사실이 아닙니다. 자본주의의 덫에 걸려 허우적거리는 우리 자신을 합리화하는 말이겠지요. 행복과 불행이 돈으로 결정된다는 논리는 허약한 인간의 본성을 가장 잘 드러낸 말입니다. 우리 아이들이 마음의 근육을 키워 그 덫으로부터 벗어날 수 있도록 도와야겠습니다. 무엇을 먹는가보다 어떤 마음으로 먹는가를 새삼 확인한 건, 엘튼 존의 점심식사에 대한 기사를 읽고 화장실에 다녀온 후입니다. 비싼 점심 먹고 싼 엘튼 존의 똥은 내가 싼 똥하고 좀 달랐을까요?

마음먹기에 달렸습니다.

강요와 방목 사이에서
중심 잡기

아이를 낳아 엄마가 되긴 했는데, 아이를 어찌 키워야 할지 난감했습니다. 그저 먹이고 입히는 일이라면 고민이 덜 될 텐데, 현실은 그렇지 못했으니까요. 무처럼 쑥쑥 자라는 아이들은 말을 배우고 글을 깨치며 질문이 늘어갔지요. 이 집 저 집 영재(?) 학원으로 아이들이 몰려가고, 각종 육아 서적과 자녀교육 지침서가 군말 말고 따라오라며 목을 죄는 악몽을 꾸기도 했어요. 누구는 이렇게, 누구는 저렇게 등등 얘기도 참 많았습니다. 들어보면 다 좋은 얘긴데 도저히 감당할 수가 없었지요. 그러니 내 식대로 키울 수밖에요.

그래도 내 아이는 엄마인 내가 제일 잘 아니까, 아이에게 맞는 걸 찾아가기로 했습니다. 망친 농사는 다시 지어볼 수 있는데 자식 농사는 그리할 수가 없다 하니 고민, 고민합니다. 나무에서도 수박이 열린다는 잘되는 집 아이들은 그냥 두어도 원하는 학교를 쑥쑥 들어가며 저절로 큰다는데 제 아이들은 그런 아이들이 아니라는 것, 그러니 더욱 고민할 수밖에요.

먼저 남편의 도움을 받아 아이에게 꼭 필요한 프로그램을 만들었습니다. 아이들이 지켜야 할 원칙을 세워두고, 아이들이 유쾌하게 살 수 있는 방법들을 찾기로 했지요. 가능한 한 아이들에게 많은 걸 허용하기로 했습니다. 공부란 강요해서 되는 게 아니니 공부를 할지 말지는 아이들의 선택 사항이 되었습니다.

"싫으면 학교 가지 않아도 돼."

좀 특별한 담임 선생님을 만난 큰아이가 힘들어하고 있었지요. 질문을 너무 많이 해 수업 진행이 어렵다는 선생님의 눈총을 맞은 아이는 나날이 젖은 물걸레가 되어갔습니다. 학교와 친구를 좋아하는 밝고 명랑한 아이가 장터에 끌려가는 송아지처럼 학교에 다닌다고 생각해보세요. 그런 아이를 지켜보는 엄마, 뜨거운 심장이 발등에 쿵 떨어졌지요. 아이가 힘들어하는데는 교사 탓도 있긴 했지만, 아이를 많은 시간 학교와 경쟁이라는 틀에 가두어 기성복처럼 만들고 싶지 않다는 생각이 많았습니다. 그래서 대안학교와 홈스쿨링을 생각해보기도 했고요. 제도권 교육이 아니라도 다양한 길이 있으니 굳이 제도권 교육에 그리 마음을 두지 않았습니다. 문제는 아이가 학교를 너무 좋아했다는 거예요. 하지만 제도권 교육에 신뢰가 깨진 엄마라면 아이의 성장에 좀 더 적극적으로 참여할 수밖에요.

　　아이들이 한글을 깨우치기 전, 어휘와 문장 놀이를 참 많이 했습니다. 사고력에 도움이 되는 교재를 찾아 활용했고요. 한글을 익히게 되면서 본격적인 읽고 말하기, 사고력을 키워줄 수 있는 독서와 영화 프로그램도 만들어 함께 차근차근 진행했지요. 수학은 수준에 맞는 문제지 한 권을 구입해 천천히 풀어나가며 스스로 학습을 하게 했어요. 하루 일과로 수영과 테니스를 번갈아 잠깐씩 하고 악기 연습과 책을 읽으면 되었으니 아이들은 시간이 여유로워 각종 만화책, 무협지, 판타지 소설, 영화를 보며 자랐습니다. 많은 자유가 허용되자 특별히 도와주는 사람이 없이도 주어진 것을 해나갔습니다. 부모들은 '학습'에 관련되면 아이들을 강제하고 좋은 결과물을 요구하는 경우가 많습니다. 그러다 보면 아이들이 지겨워하지요. 마지못해, 강요에 못 이겨 어쩔 수 없이 하는 경우가 많아요. 성적과 관련된 것이라면 부모는 더 민감해지겠지요. 아이의 성적과 등수에 따라 아이를 대하는 부모의 마음이 달라지기도 합니다. 그 부모의 마음 온도에 따라 아이들은 천국과 지옥을 넘나들게 됩니다. 엄청난 부담을 갖게 되겠지요. 공부라는 게 어디 마음만 먹는다고 잘할 수 있는 게 아니다 보니, 예민해진 아이들은 사춘기가 되면 폭발하기 쉽습니다.

공부란 게 그리 쉽지 않습니다. 점점 학년이 올라가고 과정이 어려워질수록, 경쟁이 심해질수록, 포기하기도 쉽지요. 게다가 부모가 욕심을 부려 아이를 다그치고 몰아붙인다면, 아이들은 숨을 쉴 수도 없게 됩니다. 마음 붙일 곳이 없어 자칫 엉뚱한 길에 들어서기도 하지요. 어디로 튈지 모르는 아이들입니다.

하지만 그리 걱정할 필요는 없습니다. 공부하는 과정이 힘들어 잠시 한눈을 팔거나 좀 쉬어간다고 해도, 부모가 흔들리지 않고 아이에 대한 신뢰의 끈을 놓지 않는다면, 아이들은 부모 마음을 빨리 읽어내고 제자리를 찾아 올 것입니다. 그러니 엄마는 괜찮다. 너를 믿는다고 늘 말해주어야 합니다.

어떤 아이든 장담할 수가 없어요. 철석같이 믿었던 아이가 하루아침에 나동그라지는 경우를 여럿 보았으니까요. 그럴 때 아이가 다시 일어나 걸어갈 수 있도록 어려서부터 기본이 되는 밑거름을 주어야 합니다. 어떤 상황이 닥쳐도, 밑거름이 충분한 아이는 툴툴 털고 다시 시작할 수 있지요. 과일 나무도 척박한 토양에서는 열매 맺기가 그리 쉽지 않아요. 그러니 열매를 기대하기 전 밑거름 작업을 해야 해요. 그 일은 부모가 할 수밖에 없는 일이지요. 부모가 된 이상 아이들을 누군가에게 떠넘길 수가 없습니다.

저는 기름진 토양을 만드는 중요한 요소가 독서와 다양한 경험이라고 생각해요. 유아기부터 어휘를 늘려가며, 놀이 경험을 통해 생각을 키워주는 일입니다. 차근차근 독서 계획을 세워주고 경험을 쌓아주는 일, 부모가 할 일이에요. 그런 아이들은 학년이 올라갈수록 공부가 쉬워집니다. 한층 아이를 단단하게 만들지요. 주체적인 삶을 살도록 합니다. 책 읽기를 싫어한다고요? 그런 아이들이라면 영화나 여행, 다양한 놀이 경험도 좋아요. 그렇게 밑거름이 풍부해진 아이들이라면 그 어떤 상황에도 쉽게 흔들리지 않습니다.

저는 독서, 악기, 스스로 학습 등을 강조하며 아이들을 키웠습니다. 내 식대로 아이들을 키우고자 했지만 '강요와 방목 사이' 중심을 잡는 일이 쉽지만은 않았어요. 내가 진행하고 있는 방법들이 맞긴 한가? 의구심이 들기도 했고요. 실수를 줄이려고 이래저래 고민이 많았습니다. 하지만 아이들이 그 방법을 좋아했고, 유쾌하게 살 수 있었으니 좋은 선택이었다고 생각해요. 원칙을 두고 강제하는 것도 있었지만, 양치기의 마음으로 아이들을 믿고 대했으니까요. 그런 부모의 마음을 잘 이해하고 따라준 아이들에게 고마울 따름입니다. 부모가 양치기가 되지 않았다면 많이 힘들었을 테고, 잘 자라지 못했을 것이라고 다 성장한 아이들이 말하는군요.

　　하지만 모든 부모, 엄마들이 제가 한 방식을 그대로 따라 할 수는 없다고 생각해요. 각자 처한 상황이 다르니까요. 그래도 남편과 내가 아이들에게 해왔던 방법, 어느 것 한 가지라도 마음을 두었다면, 각자 맞는 지점을 찾아 아이들에게 적용해볼 수 있기를 바랍니다. 그 누구보다 내 아이를 잘 아는 사람은 부모, 엄마니까요. 그러니 불안해하지 마세요.

아이는 하루가 다르게 성장하는데,
나는 그대로 멈춰 있는 것 같아요.
내 성장을 도모해보지만, 내가 성장하려 하면 할수록
아이에게는 못해주는 게 많은 것 같아
미안한 마음이 들곤 하지요.

#더 성장하고 싶은 엄마
#시간이 없는 엄마가 아이와 마음을 나누는 법

엄마,
아니 엄마가 된 여성 여러분,
무슨 일을 하든
나 자신을 포기하면 안 되겠습니다.

　　나이 서른다섯. 어느 날 조간신문을 보다 대학원 모집 안내와 마주치고는 앞 뒤 생각 없이 세 살배기 아이를 둥쳐 업고 대학원 원서를 내고 말았습니다. 그 후, 잠들지 않으려는 아이들을 눕혀놓고 자장가를 마구 부르기 시작했지요. 그런데 아이들은 혹 잠이 들면 전래동화에 나오는 마녀처럼 엄마가 빗자루를 타고 날아가거나, 부지깽이가 되어 남의 집 아궁이를 헤집고 다니는 건 아닐까 걱정했던 걸까요? 쉬이 잠들지 못했습니다. 아이들이 실눈을 뜨고 먼지 내려앉은 스탠드를 닦는 나를 보고 있다는 걸 빤히 알면서도 전공 교재를 밤새 읽어내려가지만, 쉽지 않습니다.

　　입학시험을 치르는데 남자 교수의 시선이 삐뚜름합니다.

아줌마는 그 시선을 애써 외면합니다.

"뭘 연구할 겁니까?"

남자 교수의 마뜩잖은 질문.

"아이 기르며 글 쓰면 됐지, 작가 뒤치다꺼리하려고요?"

그 말을 듣고 있던 아줌마는 어금니를 꽉 물었습니다.

'아줌마는 공부 좀 하면 안 되나?'

전근대적인 질문을 쏟아내는 남자, 감자주먹을 하늘에 날리며 돌아오는 길, 파랗게 멍이 든 하늘이 털썩 내려앉았지요. 지하철을 타고 오며 아줌마가 다짐합니다.

'두고 봐라, 또 올 테니!'

행운의 여신이 부엌데기 아줌마를 불쌍히 여겼을까요. 합격 통지를 받던 날, 폭풍 눈물이 쏟아집니다. 다섯 살, 세 살배기 아이들이 놀라 엄마 등을 자꾸 어루만집니다. 그 눈물이 어떤 의미인지 알 리 없는 아이들입니다.

진단과 처방을 스스로 내린 후, 새로운 삶이 시작되었지요. 둘째가 너무 어려 입학하기도 전에 일 년을 휴학하기로 합니다. 아이들도 홀로서기 준비가 안 되었으니 슬슬 훈련을 해야 하고, 학비를 벌어야 하니 아르바이트를 시작합니다. 좌충우돌 삶이 시작되었어요. 그런데 이게 웬 날벼락인가요. 남편이 공부를 하겠다며 직장에 사표까지 내었으니 집안 경제가 말이 아닙니다. 가족 모두 회오리바람 속에서 멀미를 하게 되었는데, 그리 나쁘지 않았습니다. 아이들은 눈치가 백 단입니다. 부모가 바쁘면 나름대로 자기 할 일을 찾아가지요.

"엄마도 유치원 다니고 싶다."

어느 날 뜬금없는 엄마의 소원에 큰아이의 놀란 눈이 튀어나와 굴러갈 지경입니다. 유치원이 더 즐거울 것 같아 원장님께 받아달라고 했다 하니, 아이들이 깔깔거립니다.

"엄마들은 안 오는데…."

큰아이가 철조망 옆 개망초 보듯 엄마를 처량히 바라봅니다.

"엄마는 못 다니니까, 네가 유치원 얘기를 좀 해주면 안 될까?"

아이의 표정이 상기되어 미주알고주알 바깥 생활을 털어놓기 시작합니다.
오늘은 친구가 만든 비행기가 훨씬 잘 날았고, 어떤 아이는 간식시간에 콩을 먹지 않았다는 등 앞을 다투어 아이의 하루 일과가 스크린 위로 펼쳐집니다. 아이의 얘기만 들어서도 안 되겠지요. 아이들이 어디까지 이해할지는 몰라도, 엄마의 학교생활도 주저리주저리 쏟아냅니다.

시간이 없는 엄마의 미봉책이지만 아이의 하루를 체크하는 데 아주 효과적입니다. 저녁을 준비하고 빨래를 하는 등 쉬지 않고 움직이며 아이들과 얘기를 주고받아야 하니 아이들이 엄마가 움직이는 대로 따라다닐 수밖에 없지요. 큰 톱니바퀴와 작은 톱니바퀴가 맞물려 하나의 목적을 달성해 나가는 현장입니다.

"오늘 무슨 책을 읽었을까 궁금하다?"

큰아이가 『파브르 곤충기』를 읽었다고 합니다. 저녁밥을 짓는 동안 아이가 들려주는 곤충 이야기를 듣습니다.

"와우! 오늘은 파브르 아저씨 곤충 요리 어때?"

메뚜기 흉내를 내며 칭찬에 칭찬을 거듭합니다. 엄마의 머리에 책 한 권이 들어가니 무거워 걸을 수 없다며 휘청거리기도 하지요. 엄마의 리액션은 크면 클수록 아이들이 좋아합니다.

'눈치가 백 단'인 아이들은 공부하는 엄마의 마음을 이해하고, 정신을 바짝 차려야만 함께 살 수 있다는 걸 깨달아갑니다. 그래서일까요? 좀 철이 일찍 들었습니다. 나이 들어 공부하는 엄마를 보니 공부를 안 할 수가 없었겠지요. 모든 걸 스스로 하지 않으면 안 되는 고아나 다름없는 자신의 신세를 탓해도 소용없습니다. 그런 엄마라도 필요치 않으면 고아원의 도움을 받아야 한다고 은근히 협박도 합니다.

😊😊 "그래도 함께 살래요."

아이들의 결정입니다.

👩 "양치기는 양들을 지켜볼 뿐이야. 풀을 먹나 안 먹나 늘 보고 있지."
👦 "그럼 엄마가 양치기야?"
👩 "암 그렇지! 너희는 양이고!"

양을 엄청 좋아하는 둘째가 신이 났습니다. 그런데 큰아이가 고개를 갸웃합니다.

"양이 늑대에게 물려갔다고 거짓말한 양치기, 엄마는 알지요?"

돌발 사고에 할 말을 찾아야 하니 엄마는 허둥지둥 화장실을 향해 뛰어갑니다.

"아이고 급하다 급해!"

아이들의 이런 질문은 자신의 처지를 잘 알고 있다는 것입니다. 알아서 풀을 뜯어 먹어야 하는 양처럼 제 할 일 알아서 할 수밖에 없다는 것을요. 가끔 엄마가 화장실이 급해지는 건 트릭이 들통 났을 때라는 것까지 말입니다.

직장에 다니는 엄마들이 죄의식을 갖는다고 합니다. 글쎄요. 그럴 필요가 있을까요? 전업주부여서 아이들에게 모든 걸 다 해주고 직장인이어서 못해주는 게 아니잖아요. 마음이 중요하지요. 엄마가 바쁘지만 사랑하고 소통하려 애쓴다는 걸 아이들이 알면 되지 않을까요. 엄마가 엄마 나름대로 최선을 다하고 있다는 걸 말입니다. 엄마는, 엄마와 아내이기 이전에 인격체를 가진 한 사람이라는 사실을 아이들이 알 필요가 있습니다. 경제활동이건 자아실현이건 일이건

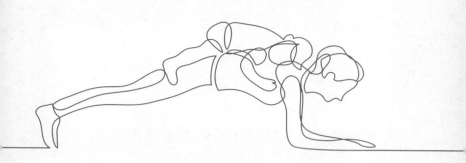

육아건 살림이건, 엄마가 최선을 다하고 있다는 걸 알아야 서로 할 말이 많아집니다. 훗날, 참 잘해주었다고, 잘해냈다며 서로 응원해줄 수 있겠지요.

다 자란 아이들이 말합니다. 엄마가 일 때문에 자기들을 방목한 것은 참 잘된 일이었다고요. 끊임없이 도전하며 즐기는 부모를 보며 자기들도 그냥 막 살 수는 없었다고 합니다. 엄마로서 가지고 있던 약간의 미안한 마음도 그 말을 듣자 누그러지더군요. 그런다고 미안한 게 없지는 않지만요.

엄마, 아니 엄마가 된 여성 여러분, 무슨 일을 하든 나자신을 포기하면 안 되겠습니다. 누렇게 뜬 무시래기도 맛난우거짓국이 될 수 있다는 걸 잊지 말기로 해요.

먹고살기 바쁘다는 핑계로 박물관 한번,
동물원 한번 데려가지 못하는 엄마입니다.
아이에게 미안하네요.

#아이와 함께하는 나들이
#가족과 함께하는 현장학습
#역할 바꾸기 놀이

설명이 좀 부족해도
불만을 드러내거나 간섭하지 않습니다.

　　박물관 가고 동물원 가는 데 왜 꼭 부모가 주도적이어야 하나요? 아이들과 역할을 바꾸어보는 것은 어떨까요? 아이가 부모가 되고 부모가 아이가 되어보는 것입니다. 생각만 해도 흥미롭지 않나요? 역할이 바뀌면 아이와 소통하는 일이 훨씬 쉬워질 수 있습니다. 부모와 아이가 바뀐 역할을 통해 서로를 새롭게 바라볼 수도 있겠지요.

　　큰아이가 초등학교 삼 학년, 작은 아이가 일 학년이 되자 박물관 여행을 시작했습니다. 그동안 해오던 여행과는 달리 역할을 바꾸어 한 달에 한 번 국내에 있는 박물관, 기념관, 수목원 등을 두로 돌아보기로 했지요. 전쟁기념관을 시작으로 농업박물관까지 아이들의 관심사에 따라 순서가 정해졌습니다. 당연히 여행의 중심은 아이들이었지요.

먼저, 전쟁기념관을 가기로 했습니다. 대중교통 이용을 원칙으로 교통비, 입장료, 점심값을 포함해 일인당 만이천 원, 네 명을 기준으로 오만 원을 아이들에게 주었습니다. 아이들의 고민이 시작되었지요. 생각 없이 그저 부모를 따라다니기만 했는데 막상 앞장서려니 쉽지 않은 모양입니다. 두 아이의 준비하는 과정 또한 매우 흥미롭습니다. 티격태격 오빠와 동생 간 의견이 분분해 다투기도 하지만 사전에 준비할게 한두 가지 아니다 보니 서로 돕지 않을 수가 없습니다. 전쟁박물관에 가느니만큼 '전쟁'에 관해 좀 알아두어야 하고, 어떻게 가야 할지 점심으로 무얼 먹을지 고민도 해야 되었지요.

처음 해보는 것이니만큼 서투를 수밖에 없습니다. 집을 나서는 순간 우왕좌왕, 목적지와 다른 방향의 전철을 탄 오빠의 실수를 마구 지적하는 동생, 준비를 한다고 했건만 실전에 맞닥뜨리니 모든 게 쉽지 않은 오빠의 얼굴에 장대비라도 내릴 듯 먹구름이 가득합니다.

지하철 노선을 짚어가며 목적지를 확인하고 갈아타는 방법까지 숙지했건만 실제 나서보니 여간 신경 쓰이는 게 아니지요. 안내자가 된 이상 정신을 바짝 차려야 하니 딴짓을 할 수도 없고요.

　　어렵사리 가족을 이끌고 목적지에 도착한 오빠, 입장권을 끊고 그동안 눈여겨보지도 않았을 안내 책자를 읽기 시작합니다. 아이들이 이끄는 현장학습에 참가한 아빠와 엄마는 안내자의 설명에 최대한 집중하며 질문하는 것도 잊지 않습니다. 아이들의 태도가 완전히 바뀌었지요.

'녀석들 맛 좀 봐라.'

　　아빠와 엄마는 자꾸 나오려는 웃음을 몰아넣으며 진지한 표정이 되어갑니다. 설명이 좀 부족해도 불만을 드러내거나 간섭하지 않습니다. 그저 지켜보며 고개를 끄덕이고 리액션을 취하며 응원할 뿐입니다.

　　진행 코스를 따라가다 보니 어느새 점심시간이 훌쩍 지났습니다. 동생은 오빠만큼의 책임이 없는지라, 배가 고프다며 투덜댑니다. 이전 같았으면 오빠도 그랬겠지요. 역할이 바뀌다 보니 그럴 처지가 아닙니다. 진지하게 동생을 타일러 보는데, 아빠가 그만 '금강산도 식후경'이라며 찬물을 끼얹고 말았어요. 진행에 도움이 안 되는 아빠입니다. 얼마 남지 않은 관람을 모두 마친 후에 점심을 먹고 싶은 오빠는 어떤 결정을 내려야 할지 고민하는 눈치입니다.

"투표하면 되잖아."

동생의 말대로 투표를 합니다.

결과는 점심을 먹으러 가자는 세 명, 관람을 먼저 하자는 한 명.

결국 중식당에 모두 자리를 잡았습니다. 동생이 탕수육을 먹고 싶어 하니 아빠까지 동조합니다. 돈이 부족하다며 오빠가 짜장면을 적극 추천합니다. 탕수육이 만이천 원, 짜장면 네 개 값입니다. 또 의견이 분분합니다.

"왜, 오빠 마음대로 해?"

동생의 벌침을 한 방 맞은 오빠가 결국 탕수육에 짜장면 한 그릇을 추가해 주문합니다. 삼천 원의 추가 비용이 발생합니다. 어찌되었건 각자 먹고 싶었던 것을 먹게 된 셈입니다.

점심식사 후, 오빠에 이어 동생에게 안내를 맡겨보기로 합니다. 신통치 않은 동생의 안내에 오빠가 자꾸 참견을 합니다.

"나 안 해!"

동생이 삐져 나동그라집니다. 오빠의 안내가 다시 시작되자 이번에는 아빠가 자꾸 참견을 합니다.

"그건 아니지. 인천상륙작전이 그렇게 쉽게 이루어졌을까?"

아빠의 참견에 오빠가 시무룩합니다. 오빠가 동생을 이해한 눈치입니다. 다시 동생에게 안내를 맡겨보자고 합니다. 아빠가 부족한 부분을 채워가며 순조롭게 관람은 끝이 났습니다.

그런데 집으로 돌아오는 길, 오빠가 또 복병을 만났습니다. 동생이 아이스크림을 먹고 싶다며 조르기 시작합니다. 아빠 엄마도 덩달아 조릅니다. 하나같이 슈퍼 앞 아이스크림 통을 열고 땡땡콘 하나씩을 집어 듭니다.

"아, 안~ 돼!"

오빠가 소리칩니다. 겨우 하드 하나씩을 허락합니다. 고집이 센 동생은 절대 양보하지 않겠다며 땡땡콘을 사수합니다. 인솔자인 오빠의 주머니 사정을 고려해 하드 하나씩을 물고 걷는데, 몽실몽실한 구름과자가 동생의 눈에 들어옵니다.

🌀 "솜사탕 먹고 싶다!"

오빠가 가자미눈을 치뜨고 이빨이 썩어 마귀할멈이 될 것이라며 동생에게 으름장을 놓습니다. 먹고 싶은 것 다 먹고 갖고 싶은 것 다 가질 수 없다고 어른들이나 할 법한 말을 늘어놓습니다. 예전 같았으면 자신도 동생처럼 하드 대신 땡땡콘을 집어 들고 솜사탕을 먹었을 테지요.

그날의 관람은 별 사고 없이 순조롭게 진행되었습니다. 아이의 안내가 서툴고 설명이 좀 부족하다 한들 괜찮습니다. 바뀐 역할을 통해 생각이 조금은 달라졌겠지요. 아이는 부모와 동생을 이끌고 집을 나서는 순간, 자신의 역할과 책임이 얼마나 중요한지도 알았을 것입니다. 먹고 싶은 것, 갖고 싶은 것을 쉽게 얻어냈던 그간의 습관이, 역할이 바뀌면서 달라진 것입니다. 많은 생각을 했겠지요. 어디 그뿐인가요. 심지어 예산을 남겼고, 남은 돈을 동생과 나눠 가질 수 있었습니다. 승용차를 타고 부모를 따라갔더라면 비용이 얼마 들었는지 무얼 보고 무얼 먹었는지 별 신경 쓰지 않았겠지만 역할이 바뀌고 보니 생각과 행동이 달라질 수밖에요.

😊 "아빠도 저처럼 힘들었어요?"

힘이 들었던 모양입니다. 다음에는 동생에게 맡겨보자고 제안합니다.

😊 "아마 동생이 솜사탕 사달라고 조르진 못할걸요!"

대장이 되면 하고 싶은 대로 다 할 줄 알았는데 그럴 수 없었다며 다소 어른스런 말도 했습니다. 처음부터 너무 많은 걸 요구하면 아이가 지쳐 하지 않겠다고 포기할 수도 있겠지요. 더욱이 비용을 좀 더 계획적으로 쓰지 않았다고 질책하면 아이는 더 편한 쪽을 택할지도 모릅니다. 그저 부모를 따라다니면 원하는 걸 얻을 수 있고 이것저것 신경을 쓰지 않아도 되니 말이지요. 여행 횟수가 늘어나면서 아이들은 자신의 역할에 대한 책임 있는 태도를 갖게 되었습니다. 관람을 위해 더 준비하고 비용을 적절하게 운용하는 법도 터득해 갔지요.

역할을 바꾸어 진행한 박물관과 기념관, 수목원 등 다양한 '역할 바꾸기' 투어는 '재미'와 '교육'이라는 두 마리 토끼를 아이들에게 선물했습니다.

내 새끼 내가 안 챙기면 누가 챙기나… 하는 마음이 들잖아요.
당연한 의무고 책임이라는 생각이요.
아이를 못 챙기면 엄마라는 임무를 방임한 것 같아서
죄책감이 이만저만 아니에요.

#아이 홀로 세우기
#엄마 숙제에서 탈출하기
#책임감 기르기

아이들을 언제까지 도와주고
챙겨줄 수 있는 게 아닙니다.
엄마는 나이 들어가니까요.

헬
리
콥
터
맘,

그
만
조
종
간
을
놓
아
요

아이들의 학교 수업 준비물, 숙제… 챙겨야 할 게 이만 저만 아닙니다. 미술, 과학, 음악, 체육 등 수업마다 준비해야 할 것들이 단원에 따라 달라지지요. 어디 그뿐인가요. 자칫 소홀하다 보면 숙제를 놓쳐 발을 동동 구르기도 하지요.

"도대체 숙제는 왜 안 한 거야? 준비물은 왜, 실내화 주머니
는? 체육복은 왜 잃어버린 거야?"

끝도 없이 추궁하고 다그치며 아이와 실랑이를 벌이는 일, 한두 번이 아니지요. 이런 준비물을 척척 알아서 준비하고 혼자 숙제를 알아서 하는 아이들은 그리 많지 않습니다.

엄마의 걱정이 많을 수밖에요. 학교 준비물을 빠뜨리거나 숙제를 해 가지 않으면 친구들 앞에서 지적을 받거나 불이익을 당할 테니, 엄마는 당하는 아이를 두고 볼 수 없습니다. 꾸벅 꾸벅 졸며 늦도록 숙제를 다 하지 못한 아이, 엄마의 숙제가 시작됩니다.

초등학교 입학해 일기를 다 쓰지 못한 채 잠에 든 큰 아이 일기를 왼손으로 채워 쓴 적이 있습니다. 준비물을 빠뜨리고 숙제를 다 못한 아이를 도와 준비를 시켰지요.

"내일, 미술 준비가 뭐지? 오늘 숙제는?"

엄마가 시간표를 보며 준비물과 숙제를 확인합니다. 그러다 보니 점점 아이가 엄마의 알뜰한 도우미 역할에 익숙해져갔지요. 아이 일이 아니라 엄마의 일이 되기 십상입니다. 어느 날, 그런 나 자신을 발견하고 깜짝 놀랐습니다.

"지금 엄마가 뭐하는 거지?"

새삼스럽다는 듯 아이가 엄마를 뜨악하게 바라봅니다.

"이제부터 엄마가 널 도와줄 수 없겠어. 일 학년도 다 지나 가는데, 각자 자기 일은 알아서 해야 해. 내 인생은 네 것, 내 인생은 내 것 어때?"

그동안 조력자로서 충실했던 엄마의 파업(?)에 놀란 아이가 젖은 솜이 되었습니다.

"어떡해요, 엄마?"

"어떡하긴, 뭘? 네 인생은 네 것, 내 인생은 내 것."

죽이 되든 밥이 되든 준비물도 숙제도 혼자 알아서 해야 한다고 하니 아이의 표정이 꼭 벼락 맞은 얼굴입니다.

"너 그러다 캥거루 된다! 혼자서 아무것도 못 하고 엄마 품에만 매달려 있는 캥거루 새끼 말이야. 그래도 좋아?"

아이가 고개를 끄덕입니다. 엄마의 파업을 이해했다는 건지, 캥거루 새끼로 영원히 살고 싶다는 건지 알 수가 없습니다. 엄마의 폭탄 선언 이후, 아이는 독립군이 되어 대한민국 학생으로 살기 위한 처절한 싸움을 하며 헤맸습니다. 그 길지 않은 엄마의 도우미 역할에 익숙해졌던 아이가 마구 흔들리기 시작합니다. 준비물을 잘 챙겨달라는 담임의 메모가 알림장을 통해 전달됩니다. 야단도 맞았겠지요. 큰아이는 알림장을 들춰보는 엄마의 반응이 궁금했을까요?

'엄마, 그것 보세요. 준비물 챙겨주지 않아 야단을 맞았다고요. 그러니 준비물도 챙기고 숙제도 도와줘야 하지 않나요?'

그런 눈빛입니다.

"넌 학생이야. 학생은 배울 게 많은 사람이고. 스스로 주인이 되어야해. 더 이상 네 숙제나 준비물을 돕지 않을 거야."

아이의 절망하는 눈빛, 애써 그 눈빛을 외면합니다. 준비물도 빠뜨리고 숙제도 다 못 하고, 실내화도 잃어버린 아이의 학교생활에 엄마가 갈등합니다.

'도와줘. 말아. 도와줘. 말아.'

애당초 시작을 말았어야 했는데, 아이가 담임과 친구들 눈 밖에 날까 봐 모든 걸 챙기게 되면서 아이를 혼란스럽게 만들었습니다. 언젠가는 스스로 하겠지 하는 마음도 있었지요. 그게 병입니다. 도우미 역할을 계속한다면 아이를 웃게 만들 것입니다. 그런데 과연 아이에게 도움이 될까요? 엄마의 매몰찬 결정에 아이는 꽤 오랫동안 힘들어했지만 결국 당하면서 정신을 차리게 되었습니다. 알림장에 간곡히 요청하는 담임교사의 메모가 줄어든 걸 보면 말이지요.

참 다행입니다. 아이의 간절한 눈빛과 속절없는 엄마의 정이 뒤엉켜 준비물을 챙기고 숙제를 도왔다면, 어쩌면 아이는 홀로서기를 할 수가 없었겠지요. 엄마가 아니면 아무것도 할 수 없는 아이들, 아이들 책임이라기보다 엄마의 책임이 더 크다고 할 수 있겠습니다. 아이들은 못해서가 아니라 안 하려고 한다는 것. 언제나 준비해주고 뒤를 봐주는 훌륭한 조력자 엄마가 있는 한 굳이 자신이 진을 빼려 하지 않아요. 편하니까요.

어린 것이 무얼 할 수 있다고, 서서히 하겠지… 하는 엄마의 생각이 아이에게 독이 된다는 사실을 잊지 말아야겠습니다. 아이들을 언제까지 도와주고 챙겨줄 수도 없겠지만, 엄마는 나이 들어가니까요. 어른이 된 아이가, 엄마의 무덤 앞에 앉아 눈물을 닦아달라고 요구할지도 모르니 좀 독해져야겠습니다.

아이들이 서로 다툴 때마다
내 자식이지만 다 내다 버리고 싶어요.

#형제/남매/자매 다툼 대응법
#사이 좋은 형제자매

이십 개월 터울의 오빠와 동생의 불만,
이만저만 아닙니다.

고향에 내려가거나 여행지에 갈 경우 장시간 운전을 하게 됩니다. 장거리이다 보니 가는 동안 아이들이 몸살을 하지요. 아직 멀었느냐는 반복된 질문에 귀에 딱지가 앉을 무렵, 지루해진 아이들이 뒷좌석에서 티격태격 싸우기 시작합니다.

휴게소가 가까워져옵니다. 비상등을 켜고 갓길에 자동차를 세웠지요.

"둘 다 내렷!"

무임승차에 운전 방해죄목을 씌워 단호하게 말합니다.

137

하지만 아이들은 '설마 부모가 고속도로에 자식을 버릴까?' 하는 의구심이 가득한 눈빛입니다. 인정사정 볼 것 없이 싸늘한 표정으로 아이들을 바라봅니다. 마지못해 아이들이 미적미적 자동차에서 내리는 순간, 자동차는 출발합니다. 백미러로 보니 울며 달려오는 모습이 처량합니다. 백 미터쯤 가면 있는 휴게소 초입에서 아이들을 기다립니다. 눈물범벅으로 헐레벌떡 달려온 아이들, 저승사자에 잡혀 막 돌아온 몰골로 잔뜩 겁에 질려 있습니다.

> "어때? 몸을 푸니 좋았지? 달리기 실력도 늘었을 테고. 얼굴 색을 보니 혈액순환도 잘되는 것 같네!"

한 이 킬로미터쯤 더 뛰어도 나쁘지 않을 것이라고 하니 말이 끝나기도 전, 이단 스프링이 되어 차에 오릅니다. 휴게소에 내려 충분한 휴식을 취하기로 합니다. 찐 계란도 어묵도 먹고 특별히 구운 소시지도 하나 사줍니다.

즐거운 마음으로 가는 여행길에 아이들이 서로 싸울 때 쓰는 방법입니다.

오빠가 자리를 많이 차지한다는 동생, 동생이 투정 부리며 괴롭힌다는 오빠, 이십 개월 터울의 오빠와 동생의 불만, 이만저만 아닙니다. 오빠는 귀찮게 하는 동생을 때려주고 싶은 적이 한두 번이 아니라고 고백합니다. 보아하니 쌓인 게 많은 오빠입니다. 억울하다는 오빠 못지않게 동생도 오빠가 자신을 미워한다며 막 말 배우기 시작한 병아리마냥 쫑알쫑 알거립니다. 오빠는 그런 동생이 안 미울 리 없습니다. 제 친구가 놀러오면 오빠가 친구를 더 예뻐한다는 것도 동생의 불만입니다.

"친구는 손님이잖아. 네가 친구 집에 갔는데 친구 오빠가 너를 싫어하면 좋겠어?"

오빠가 항변합니다.

"가족한테 더 잘해야지. 남의 동생이 더 중요해?"

동생도 만만치 않습니다.

"네가 오빠를 괴롭히니까 내 속은 까매졌어."

얼마나 참았으면 속이 까매졌을까요. 마침내 오빠가 울음을 터뜨립니다. 동생도 따라 울기 시작합니다. 논에 사는 두 마리 개구리의 논쟁이 끝나지 않을 모양입니다.

"도저히 함께 살 수 없겠다. 서로의 마음을 아프게 하면 가
족이 아니야."

이번 기회에 서로의 마음을 알았으니 헤어져 살도록
하자며 아빠가 방법을 제시합니다. 서로 마음을 아프게 했다
면, 아프지 않게 살기로 합니다.

"이번에 외갓집에 가면 둘 중 하나는 거기에 남도록 하자. 누
가 남을래? 공평해야 하니까 방학 때마다 서로 집을 바꾸
고, 서로 그때만 만나는 거야!"

그때, 동생이 눈물을 왈칵 쏟아내며 웅얼웅얼거립니다. 사실 오빠가 잘해준 적도 많았다는 것입니다. 오빠도 고장 난 뻐꾸기시계처럼 껴껴 눈물을 참아내며 동생과 헤어지기 싫다고 합니다. 동생은 눈물에 콧물까지 흘려가며 오빠를 끌어안고 통곡하듯 울어댑니다. 방금 전까지 싸우던 아이들이 부둥켜안고 우는 게 우스워 부모는 깔깔거립니다.

　　서로 칭찬이 봇물처럼 쏟아집니다.

　　"그렇게 칭찬할 게 많은데 왜 안 했어? 앞으로는 불만과 칭찬을 함께 하기!"

　　그게 가족이라고 일러둡니다.

　　미울 때도 있지만 없어서는 안 될 존재, 칭찬은 말할 때 빛이 나는 법, 칭찬에 인색하지 않기로 모두 약속합니다.

성性에 대해 궁금한 게 많은 아이…
날이 갈수록 궁금한 건 많아지고
질문의 수위는 높아져서 곤란해요.
답하기가 어려워서 그저 피하고만 싶어요.

미디어에서 십 대 출산이나
미혼모·미혼부 이야기가 나오면
남의 일 같기만 한데… 그게 내 아이 일이라니….

#사춘기
#아이들과 함께 볼 만한 영화─성교육

미국의 한 공립 고등학교에서
콘돔 자판기를 처음 본 순간
얼굴이 붉어진 경험이 있습니다.

성교육, 지금 난처하다고 피하면 나중에 난처해져요

아이들은 궁금한 게 참 많습니다. 엉뚱한 질문에 진땀 뺄 때가 한두 번이 아니지요. 아이들과 목욕을 하던 어느 날, 큰아이가 "왜 내 몸은 엄마랑 달라?" 하고 물었습니다. 뜬금 없는 질문에 당황했습니다. 순간, 이제 아이와 함께 목욕을 할 수 없겠구나 생각하니 서운했지요. 하지만 때가 온 것입니다. 지금이야 유치원에서도 성교육을 시킨다고 하지만 제 아이들이 어릴 당시만 해도 그렇지 못했습니다. 성에 관한 얘기라면 부모부터도 쉬쉬했으니 아이들 또한 무지할 수밖에요. 부모 세대가 그러했듯 아이들이 성에 대한 관심을 보일 때면 '때가 되면 다 알게 돼'라는 말로 얼버무릴 수밖에 없었지요.

남성과 여성의 생물학적 구조나 발달 과정 정도는 그럭저럭 설명이 되겠으나 남자와 여자가 만나 아이가 태어난다는 과정을 설명하는 일이란, 그리 쉽지 않습니다. 전통적 질서 안에서 살아온 부모라면 더더욱 성 담론에 자유롭지 못하니까요. 성이란 은밀한 것, 쉽게 얘기해서는 안 되는 것쯤으로 터부시하고 금기시해온 게 사실이지요. 그런데 시대가 바뀌어도 참 많이 바뀌었습니다. 첨단 기술에 의해 삶의 양식이 바뀌고 그에 따라 우리 아이들의 생활양식 또한 부모 세대와는 많이 달라졌어요. 아이들의 삶은 변해가는데 부모가 아이들을 따라가지 못하는 경우, 소통이 쉽지 않습니다. 성이란 누가 말해주지 않아도 나이가 들면 서서히 알게 될 것이라는 믿음 때문에 발등을 찍는 경우도 있지요.

아이들은 자라면서 서서히 남자와 여자, 성에 대해 좀더 구체적으로 알고 싶어 합니다. 중학생이 되어서도 야한 동영상 한 편 안 봤다 하면 '은따'가 된다지요. 요즘은 중학생이 아니라 초등학생만 되어도 이성에 관한 화제가 뜨겁다고 합니다. 사춘기를 거쳐가는 과정이라고 모른 척 넘어갈 수도 있습니다. 그런데 아이들이 점점 다양한 매체를 통해 선정적이고 폭력적인 것들을 쉽게 접할 수 있게 되었어요. 인터넷 창이나 휴대폰만 열면 자극적인 것들이 쏟아집니다. 가뜩이나 호기심이 많은 아이들은 그런 선정성에 쉽게 정신을 뺏기지요. 게다가 클릭 한 번이면 되니 더한 것에 노출되기도 쉽고요. 모방을 좋아하는 아이들 특성상 따라했던 일이 타인에게는 범죄가 되는 경우도 있겠지요. 성에 대한 바른 관념 없이 상업적으로 포장된 선정적인 콘텐츠에 빠져든 아이들은 사회문제를 낳기도 합니다. 신문을 보면 이런 '사고'들이 초등학교를 넘어 유치원에서도 일어난다지요.

버려진 신생아의 생명을 구하고자 교회 담장에 '베이비박스'를 설치했다는 한 교회 담임목사에 의하면, 아이를 버리는 미혼모 열 명 중 일곱은 중학생을 비롯한 십 대들이라고 합니다. 자신이 낳은 아기를 휴지통에 버린 십 대 소녀가 재판정에 서기도 하지요. 부모가 될 준비도 없이 아이를 낳아 생명을 유기하는 청소년들은 별다른 죄의식 없이 그런 일을 저지르곤 합니다.

미국의 한 공립 고등학교에서 콘돔 자판기를 처음 본 순간 얼굴이 붉어진 경험이 있습니다. 복도 자판기에서 음료수를 뽑아 먹듯 콘돔을 살 수 있다는 게 참으로 놀라웠습니다. 콘돔이라는 게 쉽게 드러내놓고 자판기에서 뽑아 쓰는 것이라고는 상상할 수 없었지요. 그것뿐 아닙니다. 아이를 낳아도 학업을 진행할 수 있도록 학교 안에 탁아소가 있다고 했어요. 미국의 공화당 부통령 후보였던 사라 페일린의 십 대 딸이 만삭의 배로 엄마의 연설 단상에 올라와 서 있던 모습은 참으로 생경했습니다. 십 대의 임신도 포용할 수 있다는 정치적 이미지를 만들어내는 데 딸을 이용하는 것 같아 씁쓸했지만, 많은 미국인이 그런 상황을 논란거리로 만들지 않는다는 것이 더욱 놀라웠습니다. 만약 내 딸이 십 대에 임신을 했다면 어땠을까요? 솔직히, 세상이 온통 잿빛으로 보이지 않았을까요. 딸은 물론이고 부모의 삶까지도 끝이라는 사망선고를 스스로 내렸을지도 모릅니다. 자식을 어찌 키웠으면 저리되었을까? 아마 비난과 멸시에 찬 주위의 시선으로부터 자유롭지 못했을 테고, 자식 관리 못 한 부모로서의 책임을 자책하며 허우적거렸을지도 모릅니다.

그런데, 십 대 아들이 아빠가 되어 얼떨결에 할머니가 된 지인은, 요즘 손자를 보는 재미에 즐겁다고 합니다. 한창 공부할 십 대에 아빠가 된 아들을 두 손 들어 반길 부모는 없지만, 이왕 그리된 걸 책망하고 원망하며 부정한들 달라질 게 없다는 게 지인의 말입니다. 늦둥이를 보았다고 생각하며 아들과 며느리가 공부를 마칠 수 있도록 돕고 있는데, 그가 수십 년 내공을 쌓은 도인 같았습니다. 부모로서 아들 교육을 제대로 시키지 못한 책임이 있으니, 아들에게 부모 교육을 시켜 내보내겠다는 지인의 의지는, 분명 부모로서의 책임을 염두에 둔 말입니다. 성교육이라는 말조차 생소한 시대에 자식에게 성교육을 어찌해야 하는지 생각도 해보지 않았다는 지인은, 주위 시선이야 그들 몫이니 관여할 바 아니라고 합니다. 누구에겐가 피해를 준 것도 아니고, 호기심 많은 아이들이 한 실수를 질타하고 몰아세운다면 아이들이 갈 곳이 없어진다는 말에 다시 한 번 놀랐습니다.

　　사회적 장치가 미흡하면 부모가 아이의 실수를 감싸고 받아주어야 아이들이 다시 일어설 수 있는 기회를 갖게 되겠지요. 흔히 십 대에 부모가 된 아이들은 사회와 가족으로부터 배척당하고 소외당하는 경우가 많습니다.

　　세 살부터 성교육을 시킨다는 스웨덴 아이들에 비해 좀 늦긴 했지만, 성교육을 염두에 두고 〈주노〉, 〈4개월 3주 그리고 2일〉, 〈플루토에서 아침을〉 같은 영화를 아이들과 함께 보았습니다. 영화를 함께 보니 할 말이 참 많아집니다. 산책을 하며 자연스레 영화 얘기를 꺼내게 되지요. 생각을 나누는 과정에서 성(性)에는 반드시 책임이 따른다는 것도 아이들은 알게 되었습니다. 이성 간 교제와 개인의 성 정체성에 관해서도 할 얘기가 많습니다. 그리되면 당연히 엄마 아빠의 사춘기 얘기가 나올 수밖에요. 서로 첫사랑에 대한 감정과 추억을 아름다운 비밀로 공유합니다. 부모가 먼저 털어놓았는데 자기 이야기도 꺼낼 수밖에 없겠지요. 사춘기 아이들의 관심거리가 묻지도 않았는데 쏟아집니다. 인간이란 서로 내밀한 얘기를 공유했을 때, 더욱 끈끈한 믿음과 신뢰가 생긴다고 하니까요.

성이란 부끄러운 것, 베일에 싸여 함부로 말할 수 없는 것이라고 치부한다면, 아이들은 성으로부터 자신을 가두고 더욱 은밀한 곳으로 들어가 성에 대한 왜곡된 환상을 갖게 될지도 모릅니다. 콘돔 자판기를 놓고, 성교육을 통해 책임을 강조하는 학교가 늘고 있다는 미국 고등학교의 교육 방식은 어쩌면 왜곡된 성문화를 조장하는 미디어의 홍수 속에서 아이들을 지키고자 하는 교육자들의 몸부림일지도 모릅니다. 십 대 미혼모의 어두운 그림자가 숨을 죽이며 베이비박스를 향해 가는 일이 더 이상 없어야겠습니다.

#아이들과 함께 볼 만한 영화—성교육

✱ 영화 〈주노〉는 십 대의 성에 대해 아주 적나라하게 다루고 있습니다. 호기심 때문에 남자친구와의 관계로 아이를 갖게 된 십 대 소녀는 아이를 낳기로 결정하지요. 소녀의 아이를 낳고 아이를 입양하기까지의 과정은 참으로 놀랍습니다. 십 대 딸의 임신은 아이의 것만이 아니고 부모의 것이 되었습니다. 아이를 기를 수 없는 상황이 된 주인공 소녀는 부모와 함께 양부모를 물색하고 마침내 아이를 한 가정에 보내게 되지요. 영화적 담론으로만 치부할 수 없는 십 대들의 성과 임신에 관해 현실적이고 사실적으로 이만큼 담아낸 영화는 드물 것입니다.

✱ 반대로 〈4개월 3주 그리고 2일〉이라는 영화는, 낙태가 금지된 루마니아의 대학생들이 불법 낙태하는 과정을 적나라하게 보여줍니다. 낙태를 하려고 임신 주기를 속이고 친구에게 돈을 빌려 여관 욕조에서 낡은 기구로 불법시술을 하는 장면은 너무 사실적이어서 매우 충격적입니다.

✱ 〈플루토에서 아침을〉은 남자지만 여자로 살아가길 원하는 청년의 이야기로 성정체성에 관해 생각해볼 수 있는 영화입니다. 여성 옷차림을 하고 좌충우돌 살아가는 청년의 삶은 아주 유쾌해 보이기까지 합니다. 동성애자와 트랜스젠더 등 성적소수자에 관한 논란이 끊이지 않고 있는 우리 현실에서 보면 낯설지만, 그들의 삶 또한 이성애자의 삶 못지않게 보호받을 권리가 있다는 점 또한 알아야겠습니다.

아이가 일등을 했으면 좋겠어요.
그런 마음을 숨길 수는 없지요.
그런데 아이에게 부담이 될까 봐 말을 꺼내지는 못하고…

#사교육   #학습
#공부   #시험

'나의 사전에
불가능이라는 말은 없다'는 말처럼
이념적이고 폭력적인 말이 또 어디 있을까요.

굳이 일등 하려 애쓰지 말라고 합니다. 공부하라고 잔소리를 한들 아이들이 공부를 하던가요? 그럴 바에는 아예 '공부'라는 단어를 머리에서 지워버리기로 합니다.

기말고사 성적표를 들고 온 둘째 아이가 일등 할 수 있도록 좀 때려달라고 사정합니다. 참 어이없는 부탁입니다. 매를 맞아 일등을 한다면 아마 부모들은, 지금 이 시간에도 효과적인 회초리 교습을 받으러 모두 학원에 가 있지 않을까요? 알고 보니 일등을 따라잡는 데 한계를 느낀 아이는 저 혼자 안간힘을 쓰고 있는 중이었지요.

"엄마, 나도 학원 가볼까?"

요 궁리 저 궁리를 합니다. 그런 아이를 위해 해줄 수 있는 말이 뭐가 있을까요. 참 난감합니다.

"지난 번 너희 반 앞산으로 소풍 가던데, 정상에 모두 올라 갔니?"

아이가 뜬금없다는 표정으로 빤히 바라봅니다. 친구 몇이 중간에 주저앉았다 정상에 겨우 올랐다고 하는군요.

"그것 봐라. 다 동시에 정상에 오르진 못했잖아!"

첫 번째 정상에 오른 친구는 아마 기본적으로 체력은 물론이고 컨디션이 최고였을지도 모릅니다. 산 오르기를 좋아했을 수도 있고, 맨 먼저 정상에 올라가 보고 싶은 욕심도 있었을 테지요. 그런데 모두 다 그렇지는 않았겠지요. 힘이 들었지만 중간에 포기하지 않고 끝까지 산행을 마친 아이 친구를 칭찬해주었습니다. 그 친구는 산행을 하기에 적합하지 않은 조건을 갖추고 있었는데 끝까지 간 것이니까요.

"끝까지 가는 게 중요해."

올라갈 곳은 없는데 늘 떨어질까 염려 속에 살아야 하니 일등은 얼마나 힘이 들까. 일등보다는 올라갈 곳이 있는 이 등이 더 낫다는 말로 아이를 위로합니다. 몹시 낙천적이었음에도 시험 성적이 나올 때마다 아이는 스스로 안달복달했지요. 일등 친구는 감기도 걸리지 않는 것 같다며 은근히 친구가 아프기를 기다리는 눈치입니다. 그 친구 엄마는 어찌고저쩌고 하면서, 아이는 엄마의 느긋함을 책망하며 회초리 교육을 주문하기에 이른 것입니다.

"엄마도 일등 한 적 없어. 그래도 엄마도 되고 선생도 되었잖아."

일등 하지 말라고 하니 일등을 하려고 더 안달입니다. 하라고 하면 하기 싫고 먹으라고 하면 먹기 싫고 아이들은 모두 청개구리 피를 물려받은, 심술통이입니다. 어른도 너무 많은 걸 요구하면 지레 놀라 넘어지듯 연약한 아이들은 더 그렇습니다.

큰아이는 중학생이 되어 첫 시험에 전교 백삼 등을 했습니다. 육백 명 남짓한 친구를 뒤에 두었다니, 참으로 놀라웠습니다. 혼자서 해낸 공부이니 잘했다며 칭찬을 듬뿍 얹어 아이가 좋아하는 짜장면에 탕수육까지 해주었지요. 일등 엄마가 들으면 코웃음 칠까요? 하지만 당당히 제 스스로 해낸 결과이니 충분히 칭찬받을 만합니다.

"엄마, 다음엔 일등 해볼게요."

젓가락에 면발을 말아 올리며 아이가 의기충천해 있습니다.

"일등이라니? 짜장면 때문이니? 그런 거라면 일등 안 해도 먹을 수 있어."

아니라고 합니다. 시험에 감을 잡았으니 가능할 거라며 유쾌하게 웃습니다.

"수학에 실수만 안 했어도…"

실수가 많았던 수학 시험에 대한 아쉬움이 많은 것 같습니다.

"정 그러면 뒤에 붙은 세 친구만 떼어내도 돼. 일등이나 백

등이나 비슷한 거야."

사실입니다. 아이들은 시험 당일 컨디션이나 여타 조건들 때문에 실수도 할 수 있고 좋은 결과도 얻을 수 있습니다. 그러니 점수 몇 점으로 순서를 매기는 일은 그리 좋은 방법이 아니지요. 오십보백보입니다.

출석률은 물론 평소 학습 태도에 참여도, 과제물까지 완벽한 성실함의 대명사로 불리는 아이가 있었습니다. 그런데 그 아이는 꼭 시험을 못 보는 바람에 좋은 결과를 얻지 못했어요. 안타까운 일이었지요. 대입시험에 두 번 좌절하면서 시험에 대한 트라우마를 갖고 있었는데, 끊임없이 좋은 성적을 바랐던 엄마의 독설과 비난이 목덜미를 놓아주지 않았다고 해요. 좋아하던 시금치조차도 먹지 않는다는데, 얼마나 시험에 대한 부담이 컸으면 '시'자가 들어간 음식조차 싫어하게 되었을까요. 그러니 시험에 실수를 더 많이 할 수밖에 없습니다. 시험지만 받아 들면 머릿속이 하얘지며 손이 떨리고 식은땀이 난다고 합니다. 아이는 잘해야 된다고 수없이 마음을 다졌을 테지요.

백 등 안에 들면 일등과 별 차이가 없는 거라고 하니

아이의 표정이 오월 복사꽃처럼 환해집니다. 그랬던 아이는 일 학기 기말시험에 칠십삼 등이라는 성적표를 받아 왔습니다. 셋만 떼어내라고 했는데 무려 서른 명을 떼어내었죠. 참 놀라운 발전입니다.

     "너무한 거 아니야?"

다음에도 세 명을 떼어내면 되겠다고 하니 이 학기 때는 십육 등, 육 등, 차츰 올라가기 시작합니다.

     "넌, 멀리뛰기 잘하는 캥거루 같다. 꼭 일등 하려고 하지 마. 힘들어."

참 희한한 엄마라며 아이가 올챙이꼬리 같은 눈을 실룩거립니다. 일등 하라고 해야지 왜 못 하게 하냐는 것입니다. 사실, 아이가 일등 하는 걸 싫어하는 엄마가 어디 있을까요. 그게 속마음입니다. 하지만 아이가 꼭 일등이 되려고, 너무 잘하려고 심리적인 부담을 갖는 건 그리 좋은 일이 아닙니다. 그러다 좋아하는 시금치나물을 싫어하면 안 되니까요.

시험 공부를 게임처럼 하고 즐거운 마음으로 시험을 치르는 아이들은 없습니다. 누구나 시험에 대한 부담을 갖게 되지요. 더욱이 일등을 하려거나 반드시 좋은 성적을 내야 한다고 생각하는 아이들은 더욱 그럴 테지요. 부모가 반드시 좋은 결과를 요구하는 경우엔 훨씬 더 부담을 갖게 됩니다. 백삼 등 한 아이더러 일등 하라고 하면 힘들겠지만 세 명만 떼어내는 것은 그리 어렵지 않습니다. 모든 게 만만해야 도전이 가능합니다. '불가능을 가능으로 바꾸라'거나 '나의 사전에 불가능이라는 말은 없다'는 말처럼 이념적이고 폭력적인 말이 또 어디 있을까요. 불가능을 가능으로 바꾼다는 게 그리 쉬울까요. 부모는 그렇게 하지 못하면서 아이에게 불가능을 가능으로 바꾸고 백삼 등에게 일등이 되라고 한다면 그건 너무 불공평합니다. 무모한 도전을 하다가 더 큰 좌절을 맛볼 수도 있을 테니까요. 그러니 '가능한' 주문을 해야 합니다.

저는 '만만디'라는 말을 좋아합니다. 만만하면 도전이 쉬우니까요. 제가 나폴레옹처럼 알프스를 넘는 건 불가능하지만 동네 앞산을 넘는 건 그리 어렵지 않습니다. 알프스라면 아예 넘어보려 시도도 않겠지만, 앞산은 쉽게 넘어볼 수 있다는 것입니다. 그렇게 만만한 산을 하나씩 넘어가다 보면 어느 날 알프스도 만만해질 때가 오지 않을까요. 만만해야 쉽게 도전할 수 있습니다.

아이가 스마트폰을 끼고 살며
웹툰을 지나치게 봐요. 책을 보더라도 만화책만 보고요.
스마트폰, 만화책을 금지하는 게 좋을까요?

#성교육   #만화책
#강요와 방목 사이
#가족의 날

인간은 본능적으로
금지하는 것에 대한 욕망을 갖게 마련입니다.

동료 선생에게는 누구나 부러워하는 아들이 있습니다. 그런 아들은 엄마의 자랑거리이자 말 안 듣는 남의 집 아이의 비교 대상이기도 하지요. 그 무엇 하나 흠잡을 데 없는 아들, 그런 아들을 둔 엄마가 어느 날 얼굴이 노랗게 떠 고백합니다.

"세상에, 녀석이 몰래 만화책을 보았던 거예요!"

아들 방 청소를 하다 책장 위에 숨겨놓은 만화책을 발견했다는 것입니다. 폭로를 해야 할지 모른 체해야 할지 판단이 서지 않는다며 실망 반 걱정 반 혼란스러워합니다. 웃음이 나왔어요. 자기 아들만은 만화책을 보지 않을 것이라 믿고 있는 엄마, 그런 엄마를 믿고 만화책을 본 아들, 서로를 믿고 속인 것입니다. 참 순진한 엄마입니다. 중학생 아들이 만화책을 안 볼 거라고 생각했다니. 그냥 모른 척 넘어가라고 했습니다.

이 세상 모든 금서는 베스트셀러가 된다는 말이 있지요. 인간은 본능적으로 금지하는 것에 대한 욕망을 갖게 마련입니다. 사춘기 아이들의 호기심을 그 무엇으로 막을 수 있을까요. 만화책을 읽지 말란다고 읽지 않을 아이들은 그리 많지 않습니다. '인간은 욕망을 욕망한다'고 했던 라캉의 말처럼 친구들이 몰래 보는 만화는 더욱 호기심을 자극하기 마련입니다. 동네 아파트 상가 만화방은 학원을 오가며 들락거리는 청소년들의 욕망의 공간이며 쉼터이기도 하지요. 부모가 아무리 감시를 잘하고 특수 망원경을 사용한다 해도 작정한 아이들은 어쩔 수가 없습니다. 그럴 바에야 아예 허용하는 편이 낫습니다.

두 아이와 한 약속은 이렇습니다.

첫째, 모두 허용한다. 만화책, 판타지, 무협소설, 게임은 물론이고 금서에 야동까지.

둘째, 지켜야 한다. 정해진 도서 완독, 운동과 악기 집중하기.

딱 두 가지입니다. 도서 대여점이 동네마다 있던 때라 매주 토요일 두 아이에게 오천 원씩을 쥐어주며 만화책, 판타지, 무협소설을 빌려 오도록 했습니다.

"가능한 한 야한 걸로!".

주말 내내 게임하고 만화책을 읽도록 합니다. 한 아이가 컴퓨터 게임을 하면 한 아이는 만화를 보는 식입니다. 만화책은 온 가족이 돌려가며 봅니다. 부모가 허용을 했으니 숨길 필요도 없고 죄의식을 느낄 필요가 없습니다.

어느 날, 큰아이가 교내 한자 경시대회 금상을 받아 왔지요. 한자래야 고작 교과 과정을 따라갔을 텐데 상이라니.

"어이없다!"

무협소설을 많이 본 게 도움이 되었다는 아이의 말에 개 방귀 뀌듯 웃었습니다. 어처구니가 없다는 말은 이럴 때 쓰는 말입니다. 한술 더 떠 큰아이는 이제 다 보았으니 볼 게 없다고 했지요.

"시시해요."

내 아이는 절대 그럴 리 없다고 믿는 부모, 그렇게 믿고 싶은 것입니다. 순수하다고 믿었던 내 아이가 몰래 성인만화를 보았다고 그리 경악할 필요는 없습니다. 건강한 아이들은 그런 욕망을 가지고 있는 게 당연해요. 그럴 바에야 아이들에게 허용하는 게 낫지 않을까요. 남에게 피해를 주지 않는 한 모든 걸 허용하는 것입니다. 단, 한 가지 약속을 해두기로 하지요. 일주일에 한 권은 정해준 책을 읽는 것입니다. 모든 걸 허용하는데 일주일에 한 권 정도 책을 읽는 일은 그리 어렵지 않습니다. 그 약속을 어길 시에는 모든 허용을 금지했지요. 확인은 매주 금요일, 시험 기간도 예외일 수 없습니다. 다 읽고 나면 내용 확인을 반드시 해야만 합니다. 그러니 부모가 책 내용을 미리 이해하는 일은 기본이지요. 작정하고, 캐묻듯 하는 질문은 역효과를 가져올 수 있다는 것, 염두에 두어야 합니다.

"어때? 엄마는 주인공의 모험이 꽤 맘에 들던데!"

이 정도 질문에는 아이도 큰 부담 없이 대화를 이어나갈 수 있습니다.

독서는 아이들의 삶을 지탱해주는 주춧돌이자 세상을 향해 나아가는 디딤돌이지요. 부모가 염려하는 것들을 허용했지만 시기에 맞는 독서가 있다면 그리 흔들리지 않습니다. 그런 과정을 지속하다 보면 어느 시점에 이르러 스스로 판단하고 선택하는 때가 오지요.

책을 읽히거나 영화를 보게 하고 나서 엄마가 따져 물으면 오히려 독서나 영화 보기라는 즐거움이 지겨워질 수 있습니다. '반드시'에서 자유로워져야겠지요. 목적을 가지고 '반드시' 부모가 원하는 답을 얻어낼 때까지 끈질긴 질문 공세를 펼칠 경우, 아이는 부모의 마음을 미리 읽어내고 부모가 원하는 답을 찾으려 애씁니다. 이럴 경우, 오히려 사고의 유연성을 해칠 우려가 있습니다. 그저 열어두고 즐거운 대화를 이어나가면 그만입니다.

아이로부터 꼭 원하는 것을 얻어내야 직성이 풀리는 부모인가요? 끊이지 않는 대화가 중요합니다. 부모가 아니라 친구와의 대화처럼 유려한 대화가 계속되면 그것으로 족합니다. 그러다 보면 아이들은 늘 대화 상대가 되었던 부모와 어떤 문제라도 꺼내놓고 얘기할 수 있을 것입니다. 금지된 것을 부모가 허용하려면 기본적으로 아이를 신뢰해야 합니다. 그래야 진정성 있는 대화가 가능하겠지요.

매주 토요일과 일요일 중 하루는 가족의 날로 정해둡니다. 하루는 가족과 함께 지내는 게 규칙입니다. 아이들이 자라며 각자의 스케줄을 만들어 움직이다 보면 가족이 서로 얼굴 보기 힘들어 서로 소원해지지요. 가족이라는 허울만 있을 뿐 남처럼 되기 쉽습니다. 그걸 염려한다면 이런 방법도 좋습니다.

극장이나 책방, 산행이나 여행, 친지를 방문하는 일 등으로 '가족의 날'이 이루어지지만, 주말 하루는 개인의 자유 시간을 허용해야겠지요. 친구를 만나거나 종일 잠을 자거나 자유입니다. 다 성장한 아이들이 지금까지도 주말 계획을 물어오는 걸 보면 규칙이 습관이 된 것입니다. 요즘처럼 아이들이 손에서 휴대폰을 놓지 않을 때, 주말 하루쯤은 모두 휴대폰을 꺼두고 함께 보내는 건 어떨까요?

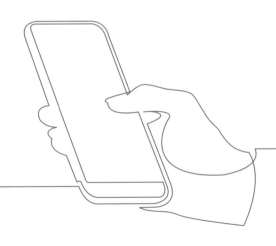

큰아이가 휴가를 내어 북유럽 여행에 참여했습니다. 다 큰 아이가 함께한다는 게 의아했지만 부모와 추억을 많이 만들고 싶다는 아이의 생각을 따르기로 했습니다. 그런데 여행객들의 반응이 다채로웠습니다.

"참 희한한 청년일세. 우리 애들은 돈 주어도 따라다니지 않던데."

"따라나선 게 아니라 모시고 온 거죠."

아이가 자신의 일 년 휴가 대부분을 부모와 함께하는 데 썼다는 데 좀 놀랐습니다.

"여자친구 생겨보세요. 확 달라집니다."

한 여행객의 말에 모두 깔깔 웃었습니다. 그리고 보면 습관이란 게 참 무서운 거예요.

독서의 중요성이야 잘 알지만,
집에서 아이에게 어떻게 책을 읽혀야 할지 고민입니다.
그냥 놔두면 한 권도 읽지 않을 거란 걸 아니까요.

#독서교육
#책 읽는 습관

정신이 빈곤한데 몸을 살찌우는 건
부끄러운 것이라고 말해두었습니다.

천 번을 강조해도 부족한 게 독서입니다. 작가 이언 매큐언은 '독서란 사람의 척추'와 같다고 말합니다. 인간의 몸에 척추가 없다면 제대로 생활하기 어렵듯 독서란 삶의 주춧돌과 같다는 것이지요. 독서의 중요성을 강조하는 말로 이보다 더 한 표현이 있을까요. 그런데 미디어 홍수 속에 사는 요즘 아이들, 시간과 마음을 공들여가며 책을 읽기란 그리 쉽지 않습니다. 독서가 중요하다는 걸 알면서도 책을 읽으려 하지 않는 아이들을 염려하는 부모들의 마음을 잘 알지요. 어렸을 때는 책을 끼고 살았는데 크면서 책이라곤 겨우 교과서 보는 게 전부라는 어떤 부모는 아이에게 돈을 주면서까지 책을 읽히려고 했지만 실패했다는군요. 돈을 주면서라도 읽히고 싶을 만큼 독서의 중요성을 아는 부모입니다. 그런데 방법이 문제입니다.

신학기가 되면 강의에 들어온 신입생들에게 자신만의 독서 리스트를 만들어 제출토록 합니다. 그동안 인상 깊게 읽어온 책을 적어보는 것인데, 참 놀라운 것은 읽은 책이 그리 많지 않다는 것입니다. 어떤 아이는 만화책 시리즈를 적어 내기도 하니까요. 학교 공부 하느라 책 읽을 시간이 없었다는 변명과 함께 말입니다. 주로 토론 수업으로 진행되는 강의 시간, 아이들의 독서량이 적나라하게 드러납니다. 아무래도 독서량이 많은 학생들은 말하는 것 쓰는 것이 좀 다릅니다. 그런 아이는 사고가 유연하고 창의적이기까지 합니다.

아이들은 자라면서 부모에게, 특히 엄마를 많이 의지하며 살아갈 수밖에 없느니만큼 엄마의 교육 철학과 신념이 중요합니다. 그런데 자라면서 다양한 것들에 노출되고 흥미진진한 것들, 좀 더 자극적인 것들에 마음을 뺏기며 엄마의 아이에 대한 기대와 신념이 서서히 무너지기 시작하지요.
"말 안 들어요."
부모들의 한결같은 불만입니다. 아이들, 말 안 듣습니다. 부모의 말을 고분고분 듣고 따르는 아이들은 흔치 않아요. 미운 일곱 살이 아니라 미운 세 살, 아니 어쩌면 태어나면서부터 아이들은 부모와 정반대의 길을 가기로 작정한 것 같습니다.

제 아이들도 다르지 않았습니다. 낱말카드와 그림책의 내용을 짚어가며 한글을 깨우치고 책 읽기에 빠져 잠자리에 들기 싫어하던 아이들이었지만 자라면서 책에 대한 관심이 점차 줄어들었습니다. 그게 당연한 과정이라고 생각했지만 여느 부모처럼 걱정이 된 것은 물론입니다. 자라면서 아이들이 마음을 빼앗긴 것이 그만큼 많아졌다는 것이지요. 그렇다고 그런 대상으로부터 아이들을 격리시킬 수도 없는 일입니다.

철석같이 믿었던 아들이 외설 만화를 숨겨두고 읽어 충격을 받았다는 동료 선생은 어찌 보면 참으로 순진합니다. 요즘 아이들은 스마트폰이나 컴퓨터의 창만 열면 쏟아지는 외설과 야동의 홍수 속에서 살고 있으니까요. 그런데 그것을 어떻게 차단할 수 있을까요. 방법이 없습니다. 아무리 보지 말라, 허구며 상술이라고 수백 번 강조해도 아이들은 그 말을 믿지 않아요.

십 년 전만 해도 중학생이 되면 야동을 본다고 생각했지만, 성인 콘텐츠를 처음 접하는 연령대가 낮아졌다는 것은 부인할 수 없게 되었습니다. 일일이 따라다니며 잔소리를 할 수도 없고 그런 부모의 잔소리, 받아들일 아이 또한 흔치 않습니다. 이러한데 요즘 아이들이 독서에 마음을 둘 수가 있을까요.

그래서 아이들과 한 가지 약속을 했습니다. 모든 것을 허용하되 일주일에 한 권씩 정해진 책을 읽어야 한다는 것이었지요. 단, 독서 리스트는 부모가 정했습니다. 살아가면서 아이들이 꼭 읽었으면 하는 책들로요. 아이들은 흔쾌히 그 제안에 동의했습니다. 하루에 한 권도 아니고 일주일에 두 권도 아닌 한 권이라는 데 그걸 마다할 리 없습니다. 그것만 지켜간다면 모든 걸 허용한다니 그런 제안을 거절할리가요.

"매주 금요일 오후 저녁식사 전 확인할게."

그 많은 걸 허용하는데 일주일에 책 한 권 읽지 않는 아이라면 양심 불량입니다. 그 주에 읽기로 정한 책은 약속한 대로 금요일 오후가 되면 체크했습니다. 그 약속이 지켜지지 않았을 경우, 책을 다 읽을 때까지 끼니를 주지 않았지요. 정신이 빈곤한데 몸을 살찌우는 건 부끄러운 것이라고 말해두었습니다. 책을 다 읽고 나면 내용을 제대로 파악했는지 확인하는 과정이 필요합니다. 그러니 부모가 그 책을 미리 읽어두는 것은 기본입니다. 얘기를 나눌 수 있어야 제대로 책을 읽었다고 볼 수 있습니다. 그 과정을 통과해야 감미로운 주말을 보낼 수가 있게 되니 아이들은 가능한 한 꼼꼼히 읽어야만 했습니다.

그렇게 일주일에 한 권 읽는 책이 얼마나 되느냐고요? 한 달이면 네 권, 일 년이면 마흔여덟 권, 고등학교를 마칠 때까지 십이 년이니, 총 오백칠십육 권이 됩니다. 양식이 되는 책을 십이 년 꾸준히 읽는 일입니다. 어디 그것만 읽었을까요. 독서에 탄력이 생기면 읽는 일이 즐거워 더 다양한 책을 읽게 됩니다. '겨우'라고 생각하면 마음이 급해 할 수가 없지요. 급히 먹는 음식 체한다고 욕심을 부리면 아이들이 뒤로 넘어지기 쉽습니다. 만만해야겠지요. 일주일에 한 권이면 만만합니다. 뭐든 부담이 되면 멀리하듯 독서도 그렇습니다. 만만해야 지속할 수가 있어요. 어차피 독서란 하루아침에 뚝딱 해낼 수 있는 게 아니니까요. 이런 과정을 거친다면 대학생이 되어 독서 리스트에 구차하게 만화책을 적어 내는 일은 없을 것입니다.

약이 될 책을 읽었기 때문에 어느 시점이 되면 아이들은 옳고 그름에 대한 판단, 선과 악에 대한 기준, 분별력이 생길 수밖에요. 그러니 무엇을 허용한들 그리 염려할 필요가 없습니다. 이런 과정이 지속되면 공부가 쉬워집니다. 이해력은 물론이고 사고와 상상력, 모든 학과 시험이 쉬워질 수밖에 없겠지요. 길은 어디로든 다 연결되어 있으니 통합니다. 그게 바로 독서의 힘입니다.

학생들에게 늘 반복해 하는 말은, '이것저것 스펙을 쌓느라 돈과 시간을 낭비하지 말고, 책을 천 권쯤 읽은 후 입사지원서를 내야 한다'는 것입니다. 그래야 경쟁력이 있습니다. 천 권쯤의 독서 리스트를 제출하는 아이라면 그 어떤 기업도 마다할 리 없습니다. 대환영입니다.

큰아이가 대학 사 학년 일 학기에 대기업 적성시험을 치렀습니다. 시험을 보고 온 아이의 말을 잊을 수가 없어요. "하루 이틀 공부해 치를 수 있는 시험이 아니더라"는 것입니다. 그런 시험인지도 모르고 갔던 큰아이는 시험을 통과했습니다. 기뻐해야 할 일인지, 조금 혼란스러웠습니다.

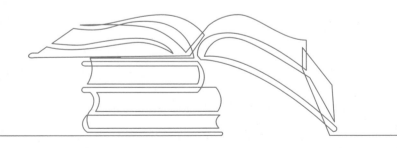

참 아이러니합니다. 학교 교육에서 이루어지지 않은 걸 기업들이 요구하니 말입니다. 학교에서는 성적만 강조하더니, 막상 사회에 나와서는 성적도 좋아야 하고 통합적인 사고능력도 있어야 한다니 원! 말이 똥으로 축구를 하며 달려야 할 판입니다. 아무리 아프니까 청춘이고, 흔들려야 청춘이라고 위로의 말을 한들, 아이들에게 뭔 위로가 될까요.

그러니 아이들에게 시간을 내어 찬찬히 책을 읽힐 수밖에 없습니다. 교육 시스템을 바꾸기에 역부족이라면 아이의 글 읽기가 가능한 시기부터 부모가 독서 프로그램을 만들어 함께해야 합니다. 제 아이들은 엄마 아빠와 함께한 독서 프로그램의 덕을 톡톡히 보았다고 말합니다. 아이들이 반드시 읽었으면 좋겠다, 꼭 읽었으면 한다는 책 리스트를 만들어 읽히고 토론을 거쳤지요. 그런 과정은 한글을 깨우치며 중학교 때까지 체계적으로 지속되었습니다. 지금도 아이들은 침대 머리맡에 책을 두고 잠자기 전 읽어가고 있지요. 독서하던 습관 때문이라고 하는 군요.

빌 게이츠, 오바마, 오프라 윈프리 등, 흔히 성공했다는 이들에게 있어 독서란, 매일 먹는 밥과 다르지 않았다고 합니다. 아이들의 정신을 살찌우는 일이니, 이럴 때는 단호함이 필요합니다.

시야가 넓고 생각이 깊은 아이,
타인의 고통에 공감할 줄 아는 아이로 자랐으면 좋겠어요.
어떤 방법이 있을까요?

책을 안 읽으려고 하는 아이입니다.
다른 방식으로라도 더 넓은 세상을 알려주고 싶어요.

#영화 교육
#영화 보기

최소한 아이들의 삶에
피가 되고 살이 되는 영화는 반드시 있다는 것…

영화란 아이들이 삶을 총체적으로 이해할 수 있는 매체입니다. 타인의 삶을 통해 자신의 삶을 성찰해보는 좋은 기회가 되지요. 독서만큼이나 중요합니다. 어떤 부모는 책 읽을 시간도 없는데 영화라니 말도 안 된다고 합니다. 그런데 책 읽기를 싫어하거나 읽을 시간이 없는 아이들은 영화라도 보아야 합니다. 타인의 삶을 통해 자신의 삶을 필터링할 수 있는 기회가 되니까요.

학생들을 대상으로 '읽다'와 '보다'에 관한 선호도를 조사한 적이 있습니다. '보다'가 '읽다'를 앞섰지요. 이유인즉 '보다'는 '읽다'에 비해 심리적으로 부담을 덜 준다는 것입니다. 읽어야 한다는 것은 시간을 들여야 하므로 바쁜 일상에 지쳐 부담을 갖게 된다는 의견이 지배적이었습니다. 모든 게 빠르게 변화하는 요즘, 그 테두리를 쉽게 벗어날 수 없는 아이들입니다. 입시와 취업을 위해 딴 데 눈 돌릴 수가 없지요.

대입 수능을 치른 고등학교 삼 학년 학생들을 대상으로 인문학 강의를 한 적이 있습니다. 영화 〈레미제라블〉을 예로 들어 자유와 혁명에 관해 대화를 나누던 중 '프랑스 대혁명'을 모른다는 아이들이 많았습니다. 문과가 아니라 이과 학생들이라고 했지요. 수학과 과학을 중심으로 수업이 이루어지다 보니 세계사를 접할 기회가 없었다는 것입니다. 학교 교육의 현주소를 확인했습니다. 원작은 고사하고 어린이용 요약본 『장발장』을 읽었다는 학생이 서너 명 되었을까요.

학년이 올라갈수록 아이들이 책과는 거리가 멀어집니다. 학교 공부에 학원 숙제 등 할 일이 너무 많아요. 그러니 책을 읽는다는 건 엄두도 못 내겠지요. 그렇다면 영화 교육은 부실한 책 읽기를 대신할 수 있는 최상의 선택이 될 수도 있습니다. 영화를 교육 자료로 활용하는 것이지요. 책 읽기를 영화와 병행하면 더없이 좋겠지만, 그럴 수 없을 땐 유아기부터 영화 보기를 체계적으로 진행할 수 있어야 합니다. 반드시 읽어야 할 책처럼, 보면 좋을 영화들이 많습니다. 이런 영화들은 온 가족이 함께 보면 더욱 효과적이지요. 보고 나면 함께 얘기할 거리가 있으니 가족 간 소통은 물론이고 타인의 삶에 대한 이해와 공감이 쉬워질 것입니다.

영화는 삶의 다양한 이야기를 담고 있는 텍스트이니만큼 교육 자료로 활용하기에 더할 나위 없습니다. 어디 그뿐일까요? 사고력이 확장되는 것은 물론, 부모와의 폭넓은 대화를 통해 서로 신뢰를 쌓아갈 수도 있겠지요. 아이들의 사고력과 논리력은 하루아침에 뚝딱 키울 수 있는 게 아니라는 것, 모든 부모들은 알고 있습니다. 그런데 주의해야 할 게 있어요.

"이 영화는 무얼 말하고 있는 거야? 네 생각을 말해봐!"

작정을 하고 답을 얻어내려는 부모들의 욕심입니다. 지나치게 '교육'이라는 것을 염두에 두고 접근하면 아이들은 쉽게 포기할지도 모릅니다. '가족이 함께 영화를 보자고 하더니 공부시키려고 그랬구나' 하고 생각하고 다음엔 보지 않으려 하겠지요. 이런 경우엔 아예 시작할 필요가 없습니다. 모처럼 머리를 식히려고 가볍게 스크린 앞에 앉았는데 무언가 캐내려는 태도로 질문을 해댄다면 아무리 즐거운 영화라 해도 별로 좋아하지 않을 테니, 그저 자연스레 물 흐르듯 툭 던져보는 것이 좋습니다.

"야, 저 친구 황당하네. 그럴 줄 몰랐어. 넌?"

가능한 한 아이들의 언어로 툭툭 던지다 보면 아이들도 즐겁게 반응하지요. 그런데 아이들과 함께 영화를 보다 당황했던 경험이 한두 번이 아닙니다. 전혀 예상하지 못한, 선정적인 장면이 갑자기 튀어나오는 바람에 아이들 또한 놀랐지요. 그래서 아이들을 위해 영화 목록을 만들기로 했습니다. 함께 보면 좋을 영화, 꼭 보았으면 좋겠다 싶은 영화 이백여 편을 골라 미리 보고, 서로 얘기해봄직한 문항을 만들어 찬찬히, 차곡차곡, 진행했지요.

"야, 뭐니 뭐니 해도 영화 볼 때는 팝콘이 최고야. 그렇지?"

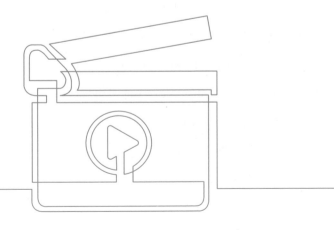

팝콘을 한 바구니 안긴 후, 영화를 보고 나면 아이들도 왁자지껄 재미나게 얘기를 나누기 시작하지요. 효과 만점입니다.

영화 보기를 통해 다양한 사회문제를 접할 수도 있습니다. 당연히 나와 가족, 친구 관계에 대해서도 성찰해볼 수 있는 기회를 갖게 되겠지요. 그런 과정을 지속하다 보면, 어느 날 아이들의 지적 수준 또한 향상되었다는 걸 알 수 있습니다.

아이에게 교육적으로 필요한 영화를 골라 진행하다 보면 아이들 스스로 영화의 완성도나 예술성에 대해 판단하게 되지요. 독서와 마찬가지입니다. 좋은 영화 나쁜 영화라는 건 주관에 따라 다르지만 최소한 아이들의 삶에 피가 되고 살이 되는 영화란 반드시 있다는 것입니다. 일주일에 한 번 아니면 한 달에 한 번, 몇 번이 되었든 꾸준히 진행하면 좋겠지요. 교육 자료로 선택한 이상 부모가 반드시 감독의 의도를 파악해야 하고, 원작이 있는 경우 원작과 영화의 차이에 대해서도 짚고 넘어가야 합니다. 원작을 각색해 만든 영화는 원작과는 다르게 감독의 시선으로 재해석될 수 있으므로 영화를 원작으로 착각해서는 안 되겠습니다. 궁금증을 자극해 원작을 읽게 한다면 더할 나위 없겠지요. 원작과 영화를 비교해보는 것도 아주 흥미로운 일입니다.

책 읽기에 몸살을 하는 부모와 아이들에게 권하는 방법입니다.

#아이들과 함께 볼 만한 영화—주제별

✖ 덴마크 영화 〈더 헌트〉는 공동체의 집단 폭력성에 대해 서
로 의견을 나눠볼 수 있는 장이 되기도 합니다. 공동체가
한 개인의 삶을 어떻게 무너뜨리는지, 학교에서 이루어지
는 집단 따돌림이 왜 문제가 되는지, 서로 의견을 나누며
아이들의 감정을 체크해볼 수 있겠습니다. 이 영화를 보
고 난 아이들은 최소한 폭력 단체에 가담하거나 한 개인
의 자유와 삶을 유린하는 현장을 묵인하는 일은 없겠지요.

✖ 〈플루토에서 아침을〉 〈대니쉬 걸〉 〈캐롤〉 〈초콜렛 도
넛〉 등은 성소수자의 삶을 이해하는 데 도움을 줍니
다. 자신의 삶이 중요한 만큼 타자의 삶 또한 존중되어
야 한다는 것을 깨닫게 되겠지요. 삶의 다양성과 사
회적 편견에 대해 의견을 나눌 수도 있겠습니다.

✖ 〈씨 인사이드〉나 〈유 돈 노우 잭〉 〈청원〉
〈아무르〉 같은 영화를 통해서는 안락사와 인간
의 존엄성 문제에 접근해볼 수도 있겠습니다.

이렇게 영화를 주제별로 묶어 보면 더욱 효과적이겠지요.*

---

* 연령대별, 장르별로 아이들과 함께 보면 좋을 영화를
『청소년을 위한 추천영화 77편 1, 2』(씨네21북스)
『엄마의 영화관』(궁리)에 묶어 펴냈으니 도움이 되었으면
좋겠습니다.

잔소리를 안 할 수는 없죠.
그런데 제가 뭐라고 할 때마다
아이의 귀가 덥석 닫히는 게 보입니다.
물론 안 하고 싶지만 이것저것 눈에 띄는데
말을 안 할 수도 없고….

#잔소리
#조언을 효과적으로 전달하기

아이들이라는 고집불통입니다.
부모가 한 말은 아무리 유익한 얘기라 해도
잔소리가 되기 십상이에요.

　　부모의 잔소리. 아이들은 지겹다고 합니다. 잔소리 때
문에 부모를 죽이기까지 한 자식의 이야기, 〈옥스포드 살인
사건〉이라는 영화 속 이야기만이 아니지요. 부모의 잔소리
와 편애 때문에 부모를 살해한 뒤, 심장과 콩팥이 무거워 오
븐에 구워버렸다는 어느 살인범의 고백은 참으로 무섭고 끔
찍합니다. 그러니 '부모의 잔소리는 모두 약이다'라는 말은
사실이 아닙니다. 아이들은 그렇게 생각하지 않는다는 것이
지요. 미래에 어찌될지언정 지금 당장은 듣기 싫다는 거예요.
아무리 교육을 염두에 두었다 해도 어른도 싫어하는 잔소리
를 아이들인들 좋아할까요. 잔소리도 골라서 해야 합니다.
"다 너를 위해서야."라는 잔소리도 옳지 않습니다. 아이를 위

한 잔소리는 어찌 보면 부모를 위한 것이지요. '네가 이렇게 해주면 내 마음이 편하겠어.' 하는 것이잖아요. 아이를 통해 만족하고 싶은 부모의 마음, 그러니 다분히 이기적입니다. 그 잔소리에는 요구사항만 들어 있는 게 아니에요. 아무개는 어 쩌고저쩌고 하면서 비교하며 아이들에게 상처를 주기도 해 요. 입장을 바꿔 생각해보아야 합니다.

개똥이네 엄마는 예쁘고 날씬하며 능력까지 있고, 다 정하고 요리도 잘한다는 등, 자식들이 부모를 다른 부모와 비교하며 따지고 든다면 할 말이 있을까요. 아이들도 다 생 각이 있습니다. 부모의 잔소리를 그저 견디는 것입니다. 그러 다 어느 날 폭발하겠지요. 오랫동안 참아온 폭발, 그 분출은 참으로 무섭습니다.

'칭찬은 고래도 춤추게 한다'는 말, 사실입니다. 강아지 도 자기를 예뻐하고 자기에게 호의적인 사람에게 꼬리를 흔 들고 안긴다는데 아이들은 오죽할까요. 좀 부족해도 칭찬하 고 격려하고 인정하면 더 잘하려고 애쓰겠지요. 하지만 아이 들 키우며 잔소리하지 않는 엄마, 가능할까요? 하는 짓마다 거슬리니 자연스레 잔소리가 나온다고 합니다. 엄마의 잔소 리를 줄이고 아이가 자신의 문제점을 고쳐나가는 방법은 없 을까요?

저는 이렇게 했습니다. 누군가를 초대해 식사를 하거

나 담화를 나누는 과정에 은근 슬쩍 아이 얘기를 꺼내는 방
법을 자주 쓰곤 했어요. 아이가 눈앞에 없어도, 제삼자를 통
해 전달하는 방법도 있지요.

　자기가 하고 싶다고 해서 시작했는데도, 큰아이는 바
이올린 연주를 그다지 즐거워하지 않았습니다. 악기 다루는
일이 쉬운 건 아니고 모두 악기를 다루어야 하는 건 아니지
만 일단 시작한 것을 쉽게 그만두게 할 수 없다는 생각이 컸
습니다. 악기 하나를 다루는 일은 살면서 큰 위로가 될 수 있
다는 믿음이 있었지요. 진도가 잘 나가지 않으니 아이가 지
겨워했습니다. 본인뿐 아니라 가족 모두 인내가 필요했지요.
소리가 제대로 나지 않는 악기로 고음을 연습할 때마다 참아
야만 했으니까요. 아이는 그런 가족들의 표정을 읽어냅니다.
좌절하기 쉽지요. 그럴 때마다 쓰는 방법입니다.

　"어제까지 고음 부분이 좀 듣기 거북했는데, 오늘은 어제보
　다 좀 좋아진 것 같아."

　사실이 아닙니다.
　그런데 엄마의 응원에 아이의 표정이 좀 밝아집니다.
네가 연습을 많이 했기 때문이라고 덧붙입니다. 아이가 연습

량을 늘려가기 시작합니다. 역시 '춤추는 고래'라며 속으로 웃었습니다. 두 번째 방법은 제삼자에게 부탁하는 것입니다.

이모 "네 바이올린 솜씨가 좋아졌다며 엄마의 칭찬이 대단하던데. 언제 그 솜씨 좀 보여줄래?"

이런 식이지요. 아니면 누군가를 초대해 대화를 나누거나 식사를 하며 아이가 듣도록 얘기를 하는 방법입니다.

우리 아이가 바이올린 하는 게 좀 힘든가 봐요. 그런데 요즘 소리가 달라져 듣기 좋아요.

지인 와, 정말 끈기 대단하네요. 현악기 힘들다던데 그 소리 한번 듣고 싶다.

한번 들려줄 수 있느냐고 귓속말로 부탁하자 아이가 코를 씽긋거리며 바이올린을 켜기 시작합니다. 사실 별로 나아진 게 없는 실력입니다. 자꾸만 터져 나오려는 웃음을 꾹꾹 누르며 아주 진지한 태도로 매너 있는 청중이 됩니다.

"브라보!"

모두 갈채를 보냅니다. 그렇게 아이의 바이올린은 어려

운 시기를 넘겼고, 결국 청소년 오케스트라 단원이 되었습니다. 피아노와 기타를 병행하며 대학에서는 '경영'과 '음악'을 동시에 전공했지요.

둘째 아이의 진로 문제로 고민하던 시기입니다. 초등 시절부터 비즈니스를 하겠다며 카네기 인생론과 스타벅스 성공 신화에 밑줄을 그어가며 읽던 아이입니다. 전공으로 경영학을 택해 화장품 비즈니스를 하고 싶다고 했어요. 제품을 개발해 영업까지 해보겠다는 당찬 포부를 갖고 있었지요. 학과 중 자신 있는 과목이 뭐냐고 물으니 화학이라고 합니다. 약학을 하면 좀 더 유용하게 쓰일 곳이 많겠다고 했으나 진지하게 듣지 않더군요. 진로 상담에 도움이 되는 지인 가족을 초대했습니다. 사전에 지인과 아이에 대해 좀 더 구체적으로 얘기가 오가야겠지요. 온 가족이 화기애애한 분위기로 저녁식사를 합니다. 처음부터 정색을 하고 아이의 진로를 묻게 되면 아이가 의도를 알아차릴 수 있으니 한참 분위기가 무르익어갈 무렵, 지인이 자연스레 물었지요.

지인 진로는 결정했니?

경영학 하려고요.

지인 무슨 과목을 좋아해?

화학이요.

경영은 문관데 이학 쪽을 좋아하네. 아, 그럼 경영학을 잘하는 과목과 연결하면 되겠다. 화장품에 관심이 많다고 하던데. 정말이야?

지인은 화학을 잘하니 화장품이나 신약을 개발해 판매까지 하면 좋겠다고 구체적인 얘기를 시작합니다. 앞서 부모가 이야기했을 땐 듣지 않더니 꽤 진지한 자세로 대화에 참여합니다. '급' 관심을 보이며 아이의 눈이 반짝, 질문을 쏟아냅니다.

아이들이란 고집불통입니다. 부모가 한 말은 아무리 유익한 얘기라 해도 잔소리가 되기 십상이에요. 중요한 결정을 해야 하는 경우, 대화가 쉽지 않습니다. 아이에게 좀 더 폭넓은 정보를 주고자 할 때, 제삼자의 도움을 받거나 좀 더 내용을 객관화시켜보면 어떨까요. 훨씬 더 효과적입니다. 부모를 신뢰한다면서도 부모의 얘기는 잔소리로 받아들이는 경우가 많아요. 아이들은 좀 더 앞을 내다보기보다 눈앞에 보이는 것, 당장 마음이 가는 것에 집착하기 쉽습니다. 그럴 경우 제삼자의 채널을 이용해 아이의 선택에 있어 후회를 줄여주는 것 또한 부모가 해줄 수 있는 일입니다. 둘째 아이의 경우가 그렇습니다. 부모의 도움이 아니었다면, 아마 경영학을 했다가 전공을 바꾸어 다시 시작했을 것이라고 해요. 결국 아이는 약학을 선택했지요. 청개구리 피를 물려받은 아이들이 부모의 조언을 잔소리로 받아들인다면 이런 방법을 실행해보는 건 어떨까요?

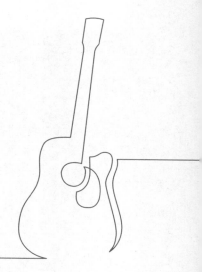

요리를 잘 못하는 엄마입니다.
집에서 해주는 음식은 아이가 몇 술 뜨지 않고
숟가락을 내려놓기 일쑤고…
아이가 밖에서 불량식품만 먹고 다니지는 않는지 걱정이 돼요.

엄마는 밥하는 사람이 아니에요.
아이들이 엄마를 그렇게만 기억할까 봐 걱정이네요.

#식습관 #밥상머리 교육

불량식품이면 뭐 어때요.
먹는 일만큼 즐거운 게 없으니까요.

아
이
들
이

기
억
할

만
한

「
엄
마
표
」

음
식
이

있
나
요

언젠가 고국에 가면 먹을 것이라며 먹고 싶은 음식 목
록을 만들어놓는 한 이민자를 만났습니다. 그 여인은 프랑스
요리를 아주 잘해 유학생은 물론 지인들에게 단연 인기 최고
였지요. 그녀 덕분에 다양한 프랑스 요리를 맛볼 수 있었습
니다. 그런데 그 여인은 아무리 맛있다는 요리를 먹어도 어
릴 적 먹었던 엄마 음식이 그리운 건 어쩔 수 없다고 합니다.
그 무엇으로도 대체할 수 없다는 그녀의 엄마 음식 조리법
은 대학 노트 한 권에 가득했지요. 그녀는 자신이 전문 요리
사인데도 엄마의 음식 맛을 따라할 수가 없다고 푸념합니다.
그럴 수밖에요. 어릴 적 먹었던 음식은 엄마와 동일시되기 때
문입니다. 그리움이라는 천연 양념이 들어 있지요. 사실, 맛

이 있든 없든 어린 시절 엄마의 음식은 삶 자체였으니까요.

　　같은 재료를 가지고도 왜 엄마의 음식 맛을 못 내는지 이해가 안 된다며 아내를 원망하는 지인이 있습니다. 아내가 어찌 엄마의 음식 맛을 낼 수 있을까요? 그건 절대 불가능한 일입니다. 엄마의 요리에는 과거의 모든 것이 함께하느니만큼 그런 맛은 그 누구도 따라할 수 없습니다. 아내의 요리 솜씨가 엄마보다 월등하더라도 어린 시절 향수까지 담아낼 수는 없으니까요. 엄마의 요리에는 숱한 스토리가 있기 때문입니다. 저 또한 엄마의 음식 맛을 절대 따라갈 수 없습니다. 팔순 엄마의 요리는 어떤 음식이든 맛이 있습니다. 늙은이가 한 음식이 뭐 그리 맛있냐고 하지만 엄마 하면 늘 요리가 떠오르곤 합니다. 엄마는 김치를 담글 때나 어떤 요리를 할 때면, 꼭 어린 나를 불러 조리하던 음식을 입에 넣어주셨지요. 그 음식과 엄마의 스토리가 함께 기억의 집에 가득합니다.

　　"맛있는 걸 해줄게."
　　늘 입버릇처럼 아이들에게 말합니다. 그 '맛있는 음식'이라는 말은 아이들의 마음을 느긋하게, 여유롭게 하지요. 과거 엄마의 음식이 그러했듯 아이들 또한 그럴 것이라는 믿음 때문에 뚱땅뚱땅, 잘했든 못했든 요리를 하게 됩니다. 음식점에 전화 한 통이면 오는 총알배달 요리가 어쩌면 엄마 음식보다 맛있겠지만, 엄마의 음식은 '엄마표'이기에 의미가 있습니다. 그러니 시간이 없고 좀 힘이 들어도 그것을 고집합니다. 엄마 하면 생각나는 음식 한두 가지는 아이들이 언제 들이닥쳐도 만들어줄 수 있을 만큼 준비를 해두지요. 언제 어느 때고 엄마! 하고 들어가면 뚱딱 만들어내던 엄마의 '마법 손'이 아이들 마음을 따뜻이 덮혀줄 것이라고 믿고 있기 때문입니다. 엄마가 세상을 떠나도 엄마의 음식은 나를 떠날 수 없겠지요. 음식과 엄마, 그리고 고향은 언제나 색이 바래지 않는 흑백사진 같은 것이니까요. 그런 기대로 아이들에게 만들어주는 음식에 스토리를 입히게 됩니다.

'통닭'에는 큰아이의 머리와 관련된 스토리가 있습니다. 큰아이는 어려서부터 동네 미장원으로부터 출입을 금지 당했을 정도로 머리 한번 깎으려면 아주 진땀을 빼게 만들곤 했지요. 그러니 잠자는 틈을 타 아이 머리에 가위질을 하다 보면 바가지머리 되기 십상입니다. 딱 영구머리입니다. 쥐서너 마리가 머리를 뜯어 먹는 일도 허다하지요. 인물 다 버린다고 지인들의 핀잔을 온몸으로 받아내지만 이발 값을 아꼈으니 아이가 좋아하는 닭다리 튀김을 만들어 입을 다물게 합니다. 그러니 가끔 아이는 닭다리가 생각나면 머리통을 들이밀며 자라지 않은 머리를 깎아달라고 조르기도 했습니다.

둘째 아이는 어린 시절 과자를 엄청 좋아했지요. 사실 과자 좋아하지 않는 아이들이 그리 많지 않겠지만 온갖 불량식품은 다 섭렵한 아이입니다. 불량식품을 먹지 말라는 엄마의 잔소리에 구멍가게에 들어설 때마다 "불량식품 주세요." 했지요. 가게 아저씨는 "불량식품 없다!"며 아이를 당황케 했고, '불량식품'이라는 별명까지 붙여주었습니다.

과자를 좋아하는 아이가 밥을 좋아할 리 없습니다. 그럴 때는 방법이 있습니다. 과자를 한 자루 정도 사 옵니다. 버릇을 고치려면 투자를 좀 해야겠지요. 둘째의 입이 귀에 걸리며 피에로가 되어갑니다. 살다 보니 이런 날도 다 있네! 딱 그런 표정입니다. 엄마를 끌어안고 입도 맞추고, 세상 부러울 게 없는 행복한 날입니다.

"과자를 먹기 전 한 가지만 약속해!"

과자 한 자루를 앞에 두고 무슨 약속을 못 할까요. 손가락을 걸고 도장을 찍고 복사까지 해가며 기다립니다.

"오늘부터는 과자만 먹는 거야. 할 수 있겠어?"

무언들 못 할까요. 용수철 인형 머리처럼 수십 번도 더 머리를 끄덕입니다.

둘째가 과자를 신나게 먹기 시작합니다. 눈뜨면서 저녁까지 아주 신이 났습니다. 오빠와 친구들에게 마구 인심을 쓰며 하루가 지난 이틀째입니다.

"엄마, 밥 먹으면 안 돼요?"

"안 되지. 아직 반이나 남았는데!"

둘째의 눈빛이 간절합니다. 저녁식사를 하는데 둘째가 체념한 듯 과자를 먹기 시작했지요. 첫째가 일부러 쩝쩝 소리를 내며 닭도리탕을 먹습니다. 과자를 먹던 둘째의 눈에서 닭똥 같은 눈물이 떨어집니다.

"오빠야, 오늘따라 닭다리가 와 이리 맛있노?"

"와, 진짜 최고!"

엄마가 첫째와 맞장구를 치며 야금야금 닭다리를 뜯습니다. 마침내 둘째가 울음보를 터뜨립니다. 으아앙! 그러거나 말거나 엄마는 인정사정 볼 것 없이 저녁을 먹고 설거지까지 후다닥 해치웁니다. 둘째가 울다 잠이 들었습니다.

다음 날 아침, 둘째가 식탁에 먼저 와 앉아 있습니다.

"과자는 식탁에서 안 먹어도 될 껀데. 아침식사로 무슨 과
자 골랐니?"

곧 울음보가 터질 듯 둘째의 표정이 먹구름 한 장입
니다.

"이제 과자 안 먹을 거야. 밥 먹을래."

"과자가 싫다니 거 참 놀라운 일일세! 며칠은 더 묵을 껀데."

둘째가 수저를 들고 밥을 기다립니다. 과자만 먹고 살
수 없다는 것을 알게 되었겠지요. 이후 절대 밥투정 과자투
정 부리지 않게 되었습니다.

그런 과자 병이 초등학교에 들어가며 또 도졌습니다.
학교 앞에서 친구들이 '뽑기'를 사 먹는다며 부러워합니다.
막대 꽂은 설탕물이 그리 먹고 싶다니 원!

"좋아! 친구들 몽땅 데려와!"

황설탕 한 봉지를 사 옵니다. 식탁 위 유리를 말끔히 닦고, 냄비에 설탕을 녹여 한 국자씩 떠 식탁 위에 붓습니다.

"모양은 각자 만들고!"

왁자지껄 신이 났습니다. 주전자 뚜껑부터 컵까지 다양한 주방기구가 동원됩니다. 모양대로 오려낸 뽑기, 나무젓가락을 꽂은 설탕과자 하나씩 손에 들려주자 아이들은 세상에서 가장 행복한 웃음을 쏟아내었습니다.

음식과 엄마, 그리고 스토리는 성장한 아이들이 간직할 추억이기에 다양할수록 좋습니다. 불량식품이면 좀 어때요. 먹는 일만큼 즐거운 게 없으니까요. 그 즐거움 안에 엄마가 함께한다면 더욱 행복한 일입니다.

아이가 행복의 가치를 알고
작은 행복도 소중히 여기는 사람이 되었으면 좋겠어요.

#논리적인 사고 기르기
#행복의 가치 알기

어느 학원 어떤 선생,
어떤 교재가 좋은지
수많은 정보에 묻혀 익사할 지경이지만···

지금 행복하니?

아이들이 살면서 행복감을 느끼고 있는지 궁금해 자주 하는 질문입니다. 그럴 때마다 아이들은 '행복하다'고 하지요. 왜 행복한데? 하고 다시 물으면, 집도 있고 부모도 있고 맛있는 음식도 먹는다는 등 자신만의 행복론을 펼치기 시작합니다. 공부하라 학원 가라고 안 하고 일등 안 해도 되니 행복하다는 것입니다.

"그런 거 말고."

"만화책, 무협지도 보고 게임도 할 수 있고."

"그런 거 말고."

아이들이 소리칩니다. 앞서 나열한 것들이 아이들에겐 행복을 가져다주는 것일 수 있어요. 아이들다운 생각입니다. 아이들이 말한 행복이란 상대적으로 타인에 비해 자신이 더 갖고 누리고 산다는 걸 전제로 하고 있지요. 누구에 비해 나는 행복하다, 타인의 삶에 비해 내가 더 낫다는 것입니다. 친구는 학원 가는데 자신은 안 가니 행복하고, 친구는 일등 못했다고 야단맞는데 자신은 그렇지 않고, 어떤 친구는 어떤데 자신은 어떻고 하면서 비교에 의해 자신의 행복이 내면화된 것이지요. 내가 상대보다 더 많이 가졌거나 내가 하기 싫은 일을 친구가 해야만 했을 때, 나는 그들에 비해 행복한 것입니다. 즉 '남의 불행이 나의 행복'이라는 말과 다르지 않아요. 바꾸어 말하면, 상대방에 비해 자신이 부족하다고 느낄 때 불행하다고 느낄 수 있겠지요. 언제나 상대와의 비교를 통해 행·불행이 결정됩니다. 그러니 행복감이란 게 주관적이지만 비교 우위에서 비롯된다고 볼 수도 있습니다.

친구가 최신 게임기를 가졌는데 자신은 못 가졌으니 불행하고, 유명 브랜드 옷을 입은 친구가 부러워지면서 자신이 초라하다고 생각하면 불행한 것입니다. 왜 그렇게 생각하게 되었을까요? 그러니 집요하게 질문을 계속할 필요가 있습니다.

"그런 걸 빼면 불행할까?"

아이들은 쉽게 답을 내놓을 수가 없습니다.

"그럼 어떨 때 불행하다고 느끼니?"

아이들이 괜한 질문을 왜 하느냐는 표정입니다.

"잘 생각해봐."

"음… 엄마가 아팠을 때 집안이 우울해. 식사 준비도 못 하고 간식도 못 주고."

일상 안에서 전적으로 엄마에 의지해 살아가는 아이들에게서 나올 법한 불행 레시피가 줄줄 쏟아집니다. 불행한 감정 또한 상대가 자신의 삶에 방해가 되었을 때 느끼게 된다는 것으로 이해될 수 있겠습니다.

"그럼 불행하다고 느끼는 감정은 어디서 올까? 이번 주말 숙제다!"

아이들이 난감해합니다. 아이들에게는 자신이 행복이라고 생각하는 것들, 불행하다고 느끼는 감정에 대해 생각해보는 시간이 필요합니다. 아이들은 흔히 '무엇은 무엇이다'라고 단정 짓는 경우가 많아요. 어른들의 틀에 박힌 사고를 자연스레 답습해온 건 아닐까요?

워낙 그리고 오리기를 좋아해 다섯 살 된 둘째 아이를 미술학원에 보낸 적이 있습니다. 아이의 그림에는 산, 바다, 나무, 꽃이 늘 같았지요. 어디 산, 바다, 나무, 꽃이 매번 늘 같을 수 있을까요. 아이의 머리에 '이것은 이렇다'라는 사물에 대한 고정관념이 생긴 것입니다.

"집에서 노는 게 낫겠다."는 말에 아이가 발을 동동 구르며 울기 시작합니다.

"친구들을 못 만나잖아!"

참 난감했지요.

"오빠와 집에서 놀아. 네가 하고 싶은 걸 다 허락할게."

때마침 선교원에 다니던 큰아이가 선교원을 다니기 싫

다고 합니다. 하고 싶은 레고를 맘껏 할 수 없다는 것이 이유였지요. 남매를 집에 두고 외출했다 돌아오니 집 안이 폭격을 맞은 듯 아수라장입니다. 큰아이는 간장, 식초, 식용유를 섞어 실험실을 차렸고, 둘째 아이는 우유에 계란을 넣어 전자레인지에 탕을 해 먹었다며 자랑입니다. 어디 그뿐인가요. 오빠 잠옷에 살고 있던 곰을 꺼내주기까지 엄청난 가위질을 해댔으니, 동생의 신나는 가위질 덕에 오빠의 잠옷은 아주 통풍이 잘되었습니다. 간섭받지 않고 맘껏 놀았을 아이들을 생각하니 웃음이 절로 나왔어요. 미술학원을 그만두고도 둘째 아이는 산, 바다, 강, 꽃을 오랫동안 같은 모양으로 고집했지요.

　'망치고 싶으면 가르치라'는 말이 있습니다. 지나치게 간섭하거나 지나치게 무심하거나, 둘 다 망치기 쉽습니다. 그저 질문하면 받아주고 최대한 허락하는 게 아이의 상상력이나 창의력에 도움이 되지 않을까 싶어 그냥 내버려두기도 합니다. 아이들을 위한다는 수많은 프로그램이 쏟아져 부모와 아이를 긴장시키고 힘들게 하는 경우, 너무 많아 무얼 선택해야 할지 고민입니다. 무엇보다 유소년기 아이들은 마음껏 놀 시간이 필요하지요. 놀이와 함께 생각 주머니도 커질 수 있다는 것, 이의 제기할 부모 없습니다. 그런데 그게 쉽지 않다고 합니다. 장난감도 놀이도, 하나에서 열까지. 어느 학원 어떤 선생, 어떤 교재가 좋은지 수많은 정보에 묻혀 익사할 지경이지만, 아이들을 위한 것이라면 멈출 수가 없는 엄마입니다.

"제발, 좀 내버려둬요!"

아이들은 이렇게 외치고 싶어 하지 않을까요. 이것저것 간섭하며 시시때때 제동을 거는 엄마, 아이의 생각을 방해하기 쉽습니다.

"생각할 시간을 좀 주세요, 엄마!"

한동안 유행했던 건담 조립에 큰아이가 빠져 있었습니다. 어느 날 갖고 싶은 건담이 있다고 고백합니다.

"왜 사야 하는데? 설득해봐."

아이가 여러 가지 이유를 들기 시작합니다. 이십 분이 지났을까요?

"꼭 사야 된다고 생각했는데 안 사도 될 것 같아요."

이십 분 동안 나름대로 이유를 들어가며 엄마를 설득한 노력을 인정해 삼천 원짜리 건담을 사주기로 합니다. 아이는 세상에서 제일 행복한 표정으로 건담 조립에 착수했지요. 그런데 웬걸요. 그만 부품의 일부가 조립 과정 중 떨어져 조립이 어렵게 되었어요. 담담한 표정으로 아이가 부품을 담아 들고 집을 나갔습니다. 바꾸러 간다는 것입니다. 삼십 분쯤 지나 아이가 상자를 들고 돌아왔지요. 미개봉 박스입니다. 묵묵히 박스를 열고 다시 조립을 시작하는데 말이 없습니다. 궁금해집니다.

"다시 샀니?"

조립 과정 중에 망가진 것이니 문구점 아저씨가 바꿔 줄 수 없다고 했답니다.

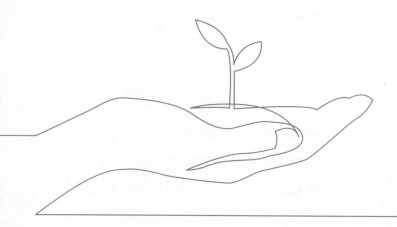

"당연하지."

그런데 아이가 자신의 실수가 아니라는 주장을 펴기 시작합니다. 쉽게 망가지는 제품을 아저씨가 들여놓았으니 아저씨에게 책임이 있다고 말이지요.

"아저씨가 참 어이없었겠다. 어떻게 일일이 조립해보고 물건을 들여놓을 수 있겠니?"

아이의 말에 놀랐을 아저씨를 생각하며 며칠 후 문구점을 방문했습니다. 좋은 물건을 팔아야 하는데 그렇지 않았기 때문에, 가게 물건의 품질이 좋지 않을 것이라고 아이가 말했다는 것입니다. 친구들에게도 말해줄 것이라고 했다니 아저씨가 얼마나 놀랐을까요.

"그래서 주신 거예요?"

문구점 아저씨는 불매운동까지 벌이려는 일곱 살짜리 무서운 소비자를 만났다며 껄껄 웃었습니다. 소비자의 능력을 인정해 선물로 주었다는 아저씨를 보며 할 말을 잊은 날입니다.

부모와 아이의 대화가 늘 논리적일 수는 없습니다. 하지만 아이의 생각이 좀 자랐으면 하는 바람으로 말놀이를 하게 되었지요. '이유 말하기'입니다. 이런 과정은 일상에서 자연스레 이루어지는 게 좋아요. 논리적인 사고는 하루아침에 뚝딱 이루어지는 게 아니니까요. 우리 학교 교육이 주로 주입식이다 보니 아이들이 대화 방법에 서툴기 마련입니다. 토론식 수업에 익숙하지 않은 학생들은 수업 시간만 되면 약속이라도 한 듯 서로 눈치를 살피며 입을 꾹 닫고 있는 경우가 많지요. 주위 친구들을 의식하고, 반응을 미리 염려하기 때문입니다. 입 큰 개구리처럼 떠들다가도 정식 토론을 요구하면 입에 지퍼를 채우고 앉아 누가 먼저 입을 열 것인가 내기를 하는 모양새입니다. 초등학교부터 고등학교까지, 귀만 열어두고 한 해 두 해 흘러 대학에 들어와도 별 달라지는 게 없지요. 습관이 되지 않았으니까요. 그러니 말을 좀 더 논리적으로 짜임새 있게 하는 습관은 어려서부터 부모의 도움으로 익히기 시작하면 좋겠지요. 학교 교육이나 여타 사교육에 기댈 수 없는 부분이라면 부모가 적극적으로 참여해야 합니다. 생각훈련, 아이가 성장하며 빛을 발하기 때문입니다.

엄마 아빠와 한 약속은 지키지 않아도
별일이 없다는 걸 알아서인지,
아이가 약속을 대수롭지 않게 생각합니다.
이러다 나중에 약속을 우습게 아는 사람이 될까 봐 걱정입니다.

#약속과 시간 지키기 교육
#신뢰할 수 있는 사람 되기

일상 안에서 이루어지는
작은 약속에서부터
개인에 대한 이미지가 만들어진다는 것···

학생들이 수업 시간에 앉는 자리를 눈여겨봅니다. 새 학기 첫 수업이 시작되며 앉은 자리는 거의 종강할 때까지 지속되는 경우가 많지요. 약속이나 한 듯 다들 자기 자리를 찾아가는 것입니다. 설령 어떤 학생이 결석을 한다 해도 그 자리에 누군가 앉는 경우는 드물지요. 그 자리는 아무개의 자리였으니 앉아서는 안 된다는 무언의 약속이나 한 듯 말입니다.

한 학기 자리에도 이미지가 남게 됩니다. 앞자리 정중앙에 앉는 학생, 벽에 기대고 앉는 학생, 항상 맨 뒷자리 코너를 고집하는 학생, 자리를 통해 얼굴과 이름을 기억하게 됩니다. 아무개 하면 그 자리가 떠오릅니다. 즉 자리를 보면 아무게가 생각나듯 누군가를 떠올리면 그만의 독특한 이미지가 함께하지요. 수업 시간에 지각을 자주 하는 학생은 거의 정해져 있습니다. 그 학생의 지각에는 항상 '때문에'가 붙곤 했지요. 이유 없는 죽음 없다고 했듯 이유 없는 지각이 없습니다. 자기 탓은 안 하고 '반드시' 그 무언가를 끌고 들어오는 경우입니다. 집이 멀어서부터 시작해 버스 탓에 날씨 탓까지 하지요.

큰아이가 초등학교 오 학년, 둘째가 삼 학년 겨울방학을 맞아 일 학년 사촌 여동생이 방문했습니다. 아이들이 고대하던 눈썰매장에 가기로 한 날입니다.

"맘껏 놀다 네 시 반 시계탑 앞에서 만나자."

북적이는 인파에 아이들 동선을 쫓아다닐 엄두가 나지 않아 자유롭게 놀다 시계탑 앞에서 만나기로 합니다. 큰아이가 동생들을 데리고 인파 속으로 사라진 뒤, 두 시간이 훌쩍 지나갑니다. 약속 시간에 맞추어 여자아이 둘이 손을 잡고 나타났지요. 그런데 오 분 십 분, 이십 분이 지나도록 큰아이가 오지 않았습니다.

아빠가 앞장을 섭니다.
"농담이죠?"
아이들 이모가 놀라 묻습니다.

🧑 "이십 분이나 기다렸는데 안 오잖아."

아빠의 완강한 태도에 못 이겨 우왕좌왕 엉거주춤 모두들 따라갑니다. 집에 돌아와 저녁을 먹지만 분위기가 싸늘합니다. 이해할 수 없다며 마침내 이모 가족이 아빠를 책망합니다.
"무슨 부모가 이래요?"
찾으러 가겠다는 이모 가족을 아빠가 만류합니다.

🧑 "오 학년이면 다 큰 거야. 동생들도 제시간에 왔잖아."

일곱 시 반, 큰아이가 집으로 들어섭니다. 제 방으로 들어가더니 다시 나갔다 돌아와, 왜 혼자 두고 갔냐며 항의합니다.

🙂 "모르겠니?"

아빠의 태도가 단호합니다. 큰아이가 동생들도 챙기지 않고 정신없이 놀았던 것입니다. 놀다 보니 약속 시간에 늦은 것이지요. 아이는 공원 방송실에 찾아가 부모 찾는 방송을 했고, 직원에게 부탁해 모범택시를 타고 돌아온 것이라고 합니다. 택시비가 없었을 테니 겉옷을 맡겨두고, 모아둔 돈을 가져다준 것이었고요.

🙂 "왜 널 두고 왔을까? 앞으로도 약속 안 지키면 이렇게 할 거야."

아빠의 단호한 태도에 아이는 토를 달지 않았습니다. 나중에야 비록 약속 시간을 지키지 않았지만, 방송을 했고, 택시를 부탁해 무사히 집으로 돌아온 것, 잘한 일이라고 칭찬도 얹어주었지요.

아이를 두고 온 부모의 마음이 유쾌했을까요? 별의별 생각이 다 드는 건 여느 부모와 같습니다. 게다가 돈 한 푼 없는 아이를 두고 왔을 때는 더욱 그렇습니다. 하지만 아이는 평생 이 사건을 잊지 못하겠지요. 이런 방식은 설령 아이에게 트라우마가 된다 해도 약속의 중요성을 몸소 체득했으니 그리 나쁘지 않다고 생각합니다.

　수업 시작 전 자리에 앉아 있는 학생, 선생과 함께 교실에 들어가는 학생, 시곗바늘 들여다보며 정각에 들어오는 학생… '~때문에'를 입에 달고 지각을 하는 것은, 그 사람의 삶이며 이미지라고 해도 지나치지 않습니다.

　약속 시간마다 꼭 이유를 대며 지각하는 한 시인에게 한 마디 했다가 혼쭐이 났던 기억이 있습니다. 그 사람의 항변은 "내가 언제 늦었냐?"는 것입니다. 약속에 대한 인식 부족입니다. 다른 사람이 귀한 시간을 내어 기다리게 한 자신의 죄를 모르는 것이지요. 시간 도둑입니다.

　사람마다 저마다의 특성, 저마다의 이미지를 가지고 있다는 것은 무서운 일입니다. '눈으로만 보지 말고 마음으로 봐야 한다'고 아무리 생텍쥐페리의 말을 빌려 항변한다 해도, 눈으로 보이는 것이 먼저 생각과 이미지를 결정하는 게 사실입니다. 우리 뇌는 쉽게 눈에 보이는 것을 믿는 경우가 많으니까요. 편견이나 고정관념이 한 개인의 전체라고 규정할 수 없지만, 일상 안에서 이루어지는 작은 약속에서부터 개인에 대한 이미지가 만들어진다는 것, 부인할 수 없습니다. 그러니만큼 아이가 어떤 자리에 앉아 어떤 이미지를 만들어갈지 아이들 생활 속에서 그 모양을 다듬어주어야겠습니다.

갖고 싶은 것이 있다고 아이가 조릅니다.
어떻게 대처하면 좋을까요.

#경제 교육
#소비 습관

아낌없이 주다가 그루터기만 남은 부모가 되거나,
빈털터리로 그루터기에 앉아 있는 아이를
보게 될지도 모르니까요.

부족할 때가

좋아요

아이들은 갖고 싶은 것 먹고 싶은 것이 참으로 많습니다. 일단 조르고 봅니다. 아이들이 일단 울며 조르기 시작하면 부모 마음은 약해지기 마련이지요. 게다가 보는 눈이 많은 자리라면 아이들은 그 기회를 절대 놓치지 않아요. 부모가 당황해 자신의 요구를 들어줄 것이라는 걸 알고 부모를 조종하기 시작하지요. 눈치가 백 단입니다. 어떤 아이는 길에 드러눕기도 하지요. 눈에 넣어도 안 아플 아이가 요구하는 것, 어찌할까요?

그런 아이가 있었습니다. 초등학생이었던 아이는 부모와 길을 가다 갖고 싶은 것 먹고 싶은 것이 있으면 일단 조르기 시작합니다. 안 된다고 해도 소용없습니다. 길에서 소리 지르며 울고 뒹굴 때마다 주위의 시선 때문에 부모는 아이의 손을 들어주곤 했지요.

아이는 그런 부모 마음을 이미 알고 있습니다. 이런 과정을 거쳐 아이는 반드시 얻고자 하는 것을 손에 넣게 되었고 그런 투정은 학년이 올라갈수록 더해갔습니다. 나이가 들면 달라지겠지 했던 부모의 생각과 달리, 중학생이 되면서는 매일 아침 용돈을 주지 않으면 학교에 가지 않았지요. 그저, 아기니까 어리니까 귀하니까 크면 나아질 거야… 이렇게 아이와 자신의 행동을 합리화시키는 부모의 마음이야 천 번 이해하고도 남습니다.

귀하고 예쁘지 않은 자식이 어디 있을까요. 그렇다고 아이가 원하는 대로 다 해줄 수는 없습니다. 주고 싶은 마음을 좀 억누를 필요가 있습니다. 남의 아이가 가졌으니 우리 아이도 가져야 하고, 남의 아이가 입었으니 우리 아이도 입어야 한다는 부모의 보상 심리 내지는 경제적 우월감이 아이를 망치는 경우가 많아요. 중국의 이삼 세 푸얼다이들만 보아도 그렇습니다. 정책적으로 아이를 하나씩만 낳다 보니 대부분 외동아들 외동딸이지요. 온 가족의 관심이 아이에게 쏠릴 수밖에 없습니다. 아이들은 그런 상황을 이미 알고 무엇이든 요구합니다. 뭐든지 가능하니까요. 부족함 없이 다 주고 싶다는 부모 마음 충분히 이해하고도 남지만 부모가 평생 자식을 돌볼 수는 없겠지요.

큰아이가 일곱 살이 되며 자전거를 몹시 갖고 싶어 했습니다. 관심을 가지니 사주고 싶은 마음이 앞섰으나 좀 기다리게 했지요. 아이는 자신이 모아둔 돈의 액수를 얘기했고, 자전거 값에는 턱없이 부족하다는 걸 알고는 조금 실망한 것 같았습니다. 굳이 새 자전거를 가질 필요는 없다고 하더군요. 중고 자전거라면 훨씬 비용이 적게 든다는 사실을 아이는 알게 되었고, 십만 원짜리 어린이용 중고 자전거를 사기로 했습니다.

"비용의 삼 분의 일은 도와줄게."

순간 아이의 표정이 밝아집니다. 중고 자전거 가게를 오가며 온 마음을 빼앗긴 듯했지요. 자신이 할 수 있는 일, 장난감 정리부터 식탁에 음식 나르기, 신발 정리, 아빠 구두 닦이, 빨래 개기, 종종 설거지도 하며 용돈을 적립했고 돼지 저금통을 흔들어보며 애를 태웠습니다.

"엄마, 제가 받은 세뱃돈은 잘 있지요?"

가끔, 엄마의 심장을 멎게 하는 질문도 서슴지 않았습니다. 그러던 어느 날, 마침내 중고 자전거를 갖게 된 아이가 눈물이 날 것 같다고 합니다. 보조바퀴까지 달린 자전거 뒷좌석에 동생을 태우고 골목을 누비던 자전거, 자전거는 오랜 기다림과 노력으로 얻어낸 아이의 재산 일 호가 되었지요. 그런데 그 자전거가 얼마 되지 않아 도난을 당하게 될 줄이야. 아이는 크게 슬퍼했습니다. 일곱 살 아이의 마음을 훔쳐 간 도둑, 중고 자전거를 탐내다니 참으로 잔인한 도둑입니다. 아이는 울고 또 울었습니다. 자전거를 찾겠다며 동생의 손을 잡고 골목골목을 돌아다녔으나 늘 허탕이었지요.

둘째 아이는 중학생이 되며 자전거를 갖고 싶어 안달입니다.

"공짜란 없어."

오빠의 경우와 마찬가지입니다. 중고 자전거를 갖기 위해 둘째의 재산 증식 프로젝트가 시작되었습니다.

"엄마, 세뱃돈은 제가 저축할게요."

단호했습니다. 지금껏 받아둔 세뱃돈이 엄마의 지갑을 통해 은행에 있을 것이라는 환상이 깨진 걸까요? 실속을 차린 둘째는 마침내 자신이 원하는 중고 자전거를 갖게 되었습니다. 담장 하나를 두고 학교가 있었음에도 아침이면 자전거를 타고 공원을 한 바퀴 돌아 학교에 가곤 했지요. 그러던 어느 날, 아파트 경비아저씨가 난색을 합니다.

"따님의 수완이 놀랍습니다. 맛보기까지 주며 이 과자를 제게 팔았어요."

아파트 한 동이 수입 과자를 맛본 날입니다. 야단을 쳐야 할지 칭찬을 해야 할지 난감했지요. 마트마다 과자 가격을 비교해야 하니 자전거가 필요했다고 합니다.

"경비 아저씨한테까지 과자를 팔다니 원!"

그게 비즈니스의 기본이라는 아이의 말에 할 말을 잃었습니다. 그런데 비즈니스에 동력이 되었던 그 자전거가 어느 날 사라졌지요. 학교 자전거 보관대에 열쇠까지 채워둔 자전거가 사라졌다니!

"왜 하필 내 거야? 새 자전거도 많은데, 왜? 왜? 내, 내, 내,

거냐고?"

둘째는 말까지 더듬어가며 분노에 몸을 떨었습니다.

"새 자전거 두고 중고 자전거 훔친 걸 보니 도둑이 쪼매 양심

은 있는 모양이다!"

전혀 위로가 되지 않을 말을 뱉고도 참으로 우울했습니다. 다시 자전거를 사주고 싶은 마음이 굴뚝같았으나 입 밖으로 내뱉지 않았습니다. 수고 없이 얻을 수 있는 건 그리 많지 않습니다. 노력 없이 갖고 싶다는 것은 도둑의 마음과 다르지 않으니까요. 아이들이 소중하다고 생각하는 만큼 조금 덜 주고 기다리게 했습니다. 셸 실버스타인의 『아낌없이 주는 나무』처럼 아낌없이 주다가 그루터기만 남은 부모가 되거나, 빈털터리로 그루터기에 앉아 있는 아이를 보게 될지도 모르니까요. 아이가 소중한 만큼 조금은 독해져야겠습니다.

갖고 싶은 것을 다 가질 수는 없잖아요.
아이의 소유욕을 어떻게 다스리고
올바른 경제 개념을 잡아줄 수 있을까요?

#경제 교육
#소비 습관

인간의 욕망에는 한계가 없어
자칫 집착하다 보면 삶이 피폐해질 수 있습니다.

내가 소유하고 있지 않은 것을 소유하고 있다는 망상에 빠

지지 말고, 내가 소유하고 있는 것들 중 가장 은혜로운 것을

생각하라.

– 마르쿠스 아우렐리우스

무언가를 바라고 갖고자 하는 욕망, 그 욕망이 꿈틀거
릴 때, 아우렐리우스의 『명언록』 중 한 구절을 들춰냅니다.
소유하려는 순간 자칫 삶의 평정을 잃을 수도 있으니 주의하
라는 게 그의 전언이지요. 인간의 경계 없는 소유욕에 일침
을 가하는 말로 이보다 더한 말이 있을까요? 인간의 욕망에
는 한계가 없어 자칫 집착하다 보면 삶이 피폐해질 수 있습

니다.

소유욕이란 인간의 본능이지만, 지나치게 본능에 치중하다 보면 삶이 무너질 수 있으므로 아이들의 소비 패턴에 마음을 두지 않으면 안 되었습니다.

아이들이 자라면서 흔히 알뜰시장이라고 하는 벼룩시장을 아파트 옆 공원에서 열어왔지요. 아이들이 좋아했고 엄마는 더 좋아했습니다. 타지 생활을 하며 주말이면 거라지 세일(garage sale, 차고에서 여는 중고 시장)이나, 벼룩시장 찾아다니는 즐거움을 알고 있었기 때문입니다. 이십 달러에 오십 개가 넘는 골동 접시 세트를 얻었을 때, 얼마나 흐뭇했던지 지금도 그 접시 세트를 보물처럼 여기며 쓰고 있습니다. 오래 묵은 것들에서는 향기가 나니까요. 얼마나 오랜 세월 많은 손길이 닿았을까를 생각하면 마음이 따뜻해집니다.

언젠가는 쓸 거라고 하면서도 쓰지 않은 물건들, 집집마다 그런 물건이 꺼내놓으면 꽤 많습니다. 아이 친구들, 옆집, 앞집 아는 집마다 연락을 해 그런 물건을 구경하기로 합니다. 내 집 물건은 흥미가 없는데 남의 집 물건은 매우 흥미롭습니다. 이심전심, 마음이 전해져 여러 가정이 참여합니다. 물건만 들고 나오는 게 아닙니다. 가정마다 종류별 일일 먹을거리 가게를 차리기도 합니다. 떡볶이, 순대, 오뎅, 김밥, 국수

등 어차피 점심을 먹어야 하니 끼니가 될 만한 음식을 준비하지요. 전단도 만들어 가정마다 알리고 현수막도 하나쯤 거느라 준비에 분주합니다. 준비하는 아이들은 물론이고 부모들 또한 즐겁습니다. 인기 폭발입니다.

하루 종일 물건을 사고팔며, 철 지난 카세트에서 쏟아지는 음악에 몸을 흔들어도 봅니다. 얼마나 흥에 겨운지 모릅니다. 주민들도 하나둘 장터를 방문하고 미리 약속한 친지들이 찾아와 필요한 물건을 사 들고 흐뭇해합니다.

아이들은 음식 재료 원가와 판매 수익 등을 계산하느라 덧셈 뺄셈 나눗셈까지 총동원하지요. 어떤 가게는 많은 수익을 내었고, 어떤 가게는 원가에 못 미쳤으며, 어떤 가게는 겨우 본전을 회수하는 정도지만 모두 즐겁습니다.

"다음에는 이렇게 해야겠어."

판매 전략을 수정하자는 다짐도 합니다. 집 안의 물건을 정리하고 즐거운 하루를 보내고자 하는 일이지만, 일일 가게 운영을 통해 경제 개념을 익힌 건 덤이지요. 아이들이 운영해 남긴 수익은 장애인 시설 등에 필요한 물건을 구입해 보냅니다.

이런 플리마켓, 벼룩시장은 가족 행사에 이용하면 더 흥미롭습니다. 매년 한두 번씩 갖는 가족 행사에 쓰지 않는 물건을 들고 나와 가게를 여는 것입니다. 물건마다 가격 매기는 일은 반드시 아이들의 몫이어야겠지요. 물건의 품질을 평가해 가격을 붙여야 하니 아이들의 고민이 이만저만 아닙니다. 그냥 아이들의 판단하에 가격을 매기는 일이라 그 과정에서 의견이 분분합니다. 어떤 아이는 비싸게, 어떤 아이는 낮은 가격을 매기지요. 평가하는 방법이 매우 흥미롭습니다. 어른들은 그저 지켜볼 뿐입니다.

가족이 많으면 물건이 더욱 다채롭습니다. 다수가 원하는 물건은 경쟁자가 많으니 경매에 붙이기도 해요. 경쟁이 치열합니다. 가격이 올라가지요. 새 물건을 사는 게 낫겠다며 중간에 포기하는 경우도 있습니다.

나에게 필요 없는 물건, 지루한 물건이 남에게는 필요하고 새로운 것이 될 수 있다는 걸 아이들은 알아갑니다. 인기 있는 제품, 희소성 있는 물건은 가격이 높다는 것도 알게 되지요. 가끔씩은 물물교환을 하기도 합니다. 가격이 맞지 않아 희비가 엇갈리는 경우도 있지요. 인간의 속성을 여실히 드러내는 장입니다. 자신의 물건은 값이 더 나간다고 주장합니다. 같은 물건도 내 것이 더 소중하고 가치가 있다고 느끼는 것입니다. 그러니 값을 덜 주고자 하거나 교환했을 때 손

해를 보지 않으려고 하지요. 그런데 값을 깎아 샀던 남의 물건이 내 물건이 되고 나면 그 값이 올라가니 참 아이러니합니다. 가족 모임은 이래서 흥미가 더합니다.

어떤 부모들은 남의 것은 절대 입히지 않는다고 하는데, 저는 아이들의 옷이나 신발 등을 친척 형이나 언니로부터 물려받아 입히는 경우가 많았습니다. 하루가 다르게 아이들이 자라니 책과 장난감, 옷가지와 신발 등 벼룩시장을 통해 다양한 물건을 구입하지요. 새 것, 좋은 것만 입히고 좋은 음식만 먹이고 싶다는 부모들이 많습니다. 나쁘지 않습니다.

부모가 모두 공부하며 긴축해야만 했던 제 아이들은 많은 이들의 도움을 받아 자랐지요. 다양한 옷과 신발, 입고 신을 것이 늘 다채로워 멋쟁이라는 말을 들으며 자란 것도 다 그 덕입니다. 생각하기 나름입니다.

지금도 우리 가족은 여전히 벼룩시장을 좋아합니다. 맘에 드는 물건을 찾았을 때는 흔히 '득템'을 했다며 좋아하지요. 누군가에게 필요하지 않은 물건이 나에게 소중한 물건이 될 수 있다는 건 참 흥미롭습니다.

쓸모없다고 생각한 물건도 가치를 재발견해 소중한 물건이 될 수 있다는 건 벼룩시장을 통해 얻은 교훈입니다.

나가는 말

　살아 있는 것들에 연민을 갖기 바라며 아이들 곁에 늘 반려식물을 두도록 했지요. 돌봄을 통해 세상과 이웃을 따뜻한 시선으로 바라보았으면 하는 마음에서입니다. 그런 마음을 갖는 아이들이라면 친구를 괴롭히며 남의 생명을 유린하는, 잔인한 짓은 절대 할 수 없을 것 같았습니다. 공부를 잘하는 것보다 중요한 일은 인간에 대한 예의를 지키며 함께 어울려 사는 것이라고 늘 말했지요.

　공부를 잘하고, 사회적으로 인정받는 직업을 갖고, 돈을 많이 벌어 좋은 집에 살고, 비싼 자동차를 타면 성공한 것이라고 믿는 흔한 공식을 아이들이 따라할까 좀 걱정했습니다. 성공이라는 기준은 매우 주관적인 것이니, 남에게 피해를 주지 않고 유쾌하게 살 수 있다면 그게 성공적인 삶이라고 생각했지요.

넌 지금 행복하니? 아이들에게 자주 묻곤 합니다. 나 자신에게 묻는 말이기도 해요. 한 여자가 결혼을 하고 아이를 낳아 엄마가 되면서 남편과 아이, 가사 일에만 매진해야 가정이 평안하다는 말을 많이 들어왔습니다. 그렇게 살며 만족하는 엄마도 많겠지요. 각기 생각과 가치관이 다르고, 다른 삶을 사느니만큼 어떤 삶이 옳고 옳지 않다고 말할 수 없습니다. 하지만, 제게는 늘, '나'를 놓지 않고 아이들과 유쾌하게 사는 게 화두였습니다. 내가 희생하면 다 잘될 것이라는 생각은 못 했어요. 그러다 보니, 좌충우돌 살았지요. 좀 힘들긴 했지만, 그래도 그런 삶이 좋았습니다. 공부와 일, 살림과 육아 사이 갈등과 걱정이 왜 없었겠어요. 어떤 것 하나를 포기하면 좀 사는 게 쉬워질 수도 있었겠지만 그러지 못했습니다. 이다음, 나이 들고 아이들이 성장한 뒤, 아이들과 남편 그리고 나 자신을 원망하지 않으려면 잘 견뎌야 한다고 스스로를 다독였지요. 아이들 교육에 안테나를 곤두세우고 남들을 따라할 수도 없었으니 그저 내 식대로 꼭 필요한 것, 때를 놓치면 안 되는 것들만을 찾아갔습니다.

이 책은, 엄마이기 이전에 '나'를 놓지 않고 싶은 엄마들, 내가 잘하고 있는지 확신을 갖지 못한 엄마들, 내 아이가 남들보다 뒤처지지 않을지 늘 불안한 엄마들을 위해 묶었습니다. 전업주부든 워킹맘이든, 모든 일을 다 잘할 수는 없습니다. 모든 게 서툴고 정신없이 산다고 죄의식을 느낄 필요도 없고요. 그저 최선을 다해 아이들과 소통하고 각자의 위치에서 최선을 다하면 그것으로 충분합니다.

아이들 때문에 형편없는 여자가 되었다며 자책하고 원망하지 않으려고, 아이들과 좌충우돌 구르다 보니 좀 단단해졌습니다. '여자', '엄마' 사이, 이런저런 고민도 많았지요. 하지만, 내 아이를 키우는 일은 누구보다 엄마가 잘할 수 있는 일입니다. 책임감 때문에 누구에게 맡길 수도 없고요. 마음이 불안해질 때마다 이렇게 주문을 외우곤 했지요.

'넌, 지금 최선을 다하고 있어. 잘하고 있는 거야. 괜찮아. 걱정 마.'

지나치게 간섭하고 강제하며 일등을 고집하는 엄마가 되지 않고, 기본을 지키며 인간다운 사람이 되라고 했던 것. 원칙을 두고 아이들에게 많은 걸 허용했던 것. 돌아보니 참 잘한 일이었습니다. 소통하며 유쾌하게 살고자 했던 주말 산

책도 두고두고 칭찬합니다. 첫째 때의 시행착오를 둘째 때 반복하지 않으려고 했지만, 놓친 것도 많았습니다. 셋째 아이를 낳았다면 더 잘할 수 있었을까요? 아마 셋째 때에도 또 아쉬움이 남을 겁니다. 그 아쉬움 때문에 아이를 계속 낳을 수도 없을 테고요. 최선을 다했다고 생각하면 그걸로 충분하다고 생각합니다.

아이를 기르는 엄마라면, 좀 느긋하게 아이를 지켜보며 기다려주었으면 합니다. 제가 아이를 키우며 실행했던 방법들이 모두에게 적용될 수는 없겠지요. 엄마는 모두 다른 사람이고, 또 아이들마다 다르니까요. 그저 한 가지라도 아이에게 필요한 게 있다면, 그 지점을 찾아 아이에게 적용해 볼 수 있기를 바랍니다.

이 세상 모든 아이들이 그리고 엄마가, 좀 더 자유롭게, 유쾌하게 살 수 있다면 참 좋겠습니다.

강안